盡其本步

亦舒

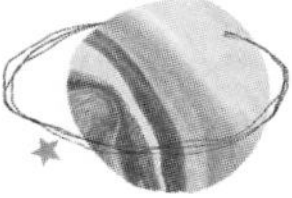

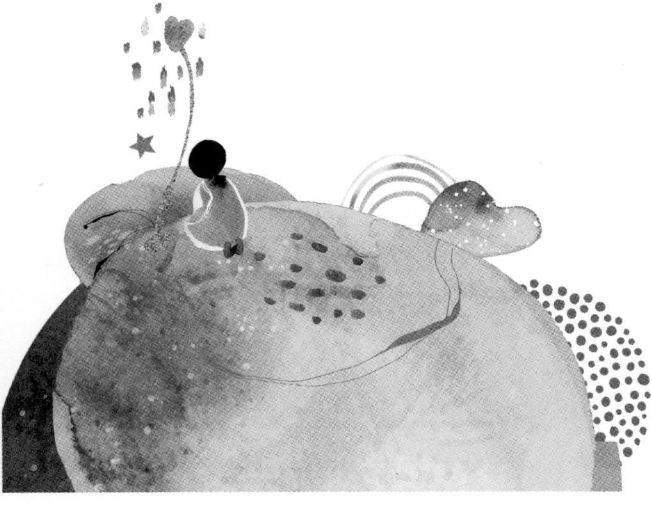

目錄

主公

讀三國，相當感慨，那些軍師，智慧與才幹都比他們的老闆強十倍，卻甘心為主公服務，鞠躬匐伏，死而後已，還得照顧他們不成才的子孫，其間不住受奸人逼害，現代人不明伊們為何不另起爐灶，或是索性下鄉耕田。

其中司馬懿最不幸，難怪司馬昭看在眼內，要生出路人皆知之心。

連孔明都是愚忠，當年劉皇叔三顧草廬，他不得不出山？搬家可也。由此可知性格決定命運，幸虧早逝，否則聽到「此地樂，不思蜀」

一說，不知怎麼辦才好。

周瑜、陸遜，均英明神武，三國故事中即便是嘍囉，也鮮明突出。好看煞人，學而時習之，不亦說乎。

書中美人特多，貂蟬、大小二喬與銅雀台、曹丕與曹植的洛神……英勇的桃園結義、偉大的赤壁之戰、關羽最終走麥城，叫人手不釋卷。

人中呂布，馬中赤兔、劉備騎的盧馬……該演義是暑假必讀課本。

氣勢磅礡，只有水滸可比。

志工

志工分許多類，多數照顧弱勢社群，像為老人送餐食，在糧食銀行分派食物，到醫院或老人院服務等。

最近一項有趣服務，是為圖書館清理圖書。

圖書館每年增添新書，也淘汰若干舊書，孩子看書，通常會有損毀，又最喜加工，空白處添上他們自家創作之類。

老書怎麼辦，可當禮物送給有需要孩子，每本都先讓志工修補，抹乾淨，同時用花紙包妥，方去派發，多麼體貼周到。

最忌是「嗟！來食」，捐出衣物，慈善機構也註明要「乾淨無損毀，鈕扣拉鏈齊全」，不可以有「免費，還想怎樣」之想法。

施捨銅板，最禮貌做法是輕輕蹲下或彎腰，切忌「噹」一聲扔下，還丟不中，有欠公德。

停車靜待母鴨帶小鴨過馬路，正視回收箱分類，亦自孩提起學習，做慣了不覺矯情，是公民教育。

有志工，真好。

混亂理論

羅蘭士著名的混亂理論指出「西半球某處一隻蝴蝶搧動翅膀，若干時日之後，南半球會產生暴雨成災」，整個世界如一具精密齒輪機器，像銅壺滴漏，不知什麼時候，齒輪產生一毫釐甚至更微差異，稍後便會出亂子停頓……明明順序操作，卻有意外謬誤。

忽然叫人想起下例：一對大律師夫婦，名正言順培育兒子讀法律，孩子卻萬分不願，去組樂隊打鼓，不是不好，而是百思不得其解，是何處出了紕漏以致失算。

華人早有許多說法：人算不如天算，謀事在人，成事在天，有心栽花花不發，無心插柳柳成蔭，還有富貴由天，生死有命……莫不是感嘆天有不測風雲，人有旦夕禍福，誘因何在，難以追究。

不過，少壯不努力，老大徒悲傷這句，不在此例，那是可以預見，必然會發生的事。

花開堪折直須折，莫待無花空折枝一說，真夠傖俗，卻是至理名言，還有，勸君莫惜金縷衣，勸君惜取少年時……

中年一到，哪裏還找得到好工作。

這人像是昨天出世

紅樓夢中，王熙鳳笑謔說：「人家給個棒鎚，我就認作針……」脂批曰：鳳哥兒欺人太甚。

真是，如此精刮聰敏的她，竟扮小天真，作隨時在大觀園會叫一些太太奶奶吃了去狀，太謙虛了一點。

可是，一路走來，看到這世上真有不少像是昨天才出世的人，平時也能說會道，半點不饒人，可是處世做事，卻步步皆錯。

是沒有讀孫子兵法的緣故吧，這本書華爾街所有經紀都熟得會背，他們叫該書為「孫子藝術」，其中最重要一項叫「知彼知己，百戰不殆」，多少失敗是因為不知己不知彼，把自身看太高，將他人看太低：他一出手，別人統統不用幹，有這樣的事嗎。

尚未成事，嘩啦嘩啦，撐大手肘，叫人讓路，像操場霸王，又似小孩：拍拍胸口：「弟弟不怕，弟弟來啦！」觀者訝異，平時心高氣傲，原來只是有野心無才能。

事情不是這樣做的，做些資料搜集好不好，瞭解這個行業多一點，才擊鼓響鑼不遲。

Courage? Vision?

國家地理雜誌寫天才，以畢加索為例：許多孩子都可以把一項技能練到無瑕可擊，但那不是天才，天才需擁有勇氣與遠見。

但是畢加索本人說他在七八歲時已畫得像拉斐爾，小小孩童，有何勇氣與視野可言，坐下就做，直到九十一歲辭世，該天上午，他還在作畫，畢氏到達中年還做實驗，在垃圾堆挑選雕塑材料。

他特別容易汗顏，一次，把包裹中畫作搬進畫展，忽然看到一幅馬蒂斯女像，凝視半晌，同詩人朋友阿波利奈說：「走吧」，「為什麼，畫還沒拆開」，「人家畫得那麼好，我還獻什麼醜」。

畢氏有美麗憂鬱的藍色與粉紅時期，也有粗獷的立體派，他筆下的瑪莉鐵麗茲，更是情深款款，不住變化，到後期筆一鈎，便成風景，他設計的陶瓷多麼可愛純樸。

沒其餘思慮，他好似想做便做，未成名時他拒絕為暴發婦畫「雷諾亞般美女像」，經理人提醒他：「帕勃羅，你要先填飽肚子。」有遠見也許只是留得青山在。

不約而同喜歡香港

內地與台灣具代表性寫作人都不約而同盛讚香港，喜歡香港。

那當然是因為沒看到香港另一面，不過，一個城市，或世上任何人與事，都有雙面，光明亮麗那面，如此討人喜歡，已經了不起。

老香港，大都頗目中無人，高目標致，多數英語程度高，視野廣闊，尤其是文華幫，吃歐爾伯爵茶、玫瑰果醬、德芬郡奶油、青瓜三文治，衛兄嘗笑謔：「假洋鬼子」，一致認為 Biba 是世上最美百貨公司……

陸民印象：港人自動排隊，並且說對不起。

星民：時時與政府打官司，並且時時打贏。

台民：港人不走路，他們小跑步。

在中環上過班的人，尤其看得到香港進步，自外國回流工作建設都會年輕人漸多，朝氣勃勃。

真有那麼好？當然不，但是眼睛也喜歡吃糖，面孔偏心側到一邊。人客是否拜地主說好話，不見得，記得初中已讀勃朗蒂、霍霜，高中背莎士比亞，打好基礎，真正學會英語講讀寫，再辛苦，也不會建議廢這除那，照單全收。

會說粵語、普通話，母語是寧波話。

貴

都説貴。

物價究竟已經貴到何種地步。

有一段日子，白領夫妻努力儲蓄數年，出來工作，付出首期訂金，再每月分期付款，數年之後，可擁有小單位遮風擋雨，日後，有能力，可以換更好住所。

後來，後生們竟無法籌得首期，被逼租房，每月薪酬，55%花在這個「住」字上，租金不好惹，每期上漲，每年搬家，搬到城市邊陲，叫苦。

再接着，乾脆住父母家，實在搬不動，有工作，有正常收入，但入不敷出，車資，喝杯啤酒，置兩套衣裳……

長輩資助首期都負擔不起供款的日子恐怕也已經過去，最近，小友說，父母送公寓給他，他也付不起差餉、管理、水電。

幾個年輕人合租，再也別想結婚生子。

這還是溫埠，不是香港。

全球凡是年輕人喜歡聚居的地方均貴不可言，不易居，在陰暗之處，可以看到露宿帳幕，坦白告訴政府，「不用趕了，根本無處可去」。

不悔

稿酬，可以支撐生活否。

那看閣下是誰了。

照說，東十元，西廿元，無可能支付衣食住行使費，可是你看倪匡，不但吃喝玩樂毫無問題，且能供子女留學，還有，大筆支持親友。小說、雜文、劇本，什麼都寫，而且，還主持電視節目，客串電影，拍攝廣告，都有豐富酬勞。

其他作者呢，不知如何經營，大抵視寫作為興趣，娛人娛己，是有點辛苦，但可以苦中作樂。

一個寫作人說：他最有盛名之際，生活最艱難，當然，不先把最好的拿出，肯定無以為繼。

通常是兼職，JK羅琳當年主要靠救濟金，史提芬京借圖書館電話，他付不起電話費……年輕人還會立志寫作否，先讀好書，找到正職，再業餘寫作吧。

同唱歌演戲一樣，入行容易，毋須履歷，站緊崗位就比較難，還有，不要參加那些青年寫作比賽，除非金庸出來任評判，那些冠亞季軍，少有成功者。

喜歡寫，就不要計較不計後果地寫。

還有，衣帶漸寬終不悔。

不群不黨

從前，一些副刊編輯喜歡定期請客吃飯，聯群結黨，彷彿欲組成一種勢力，這是愛做大哥大姐一種情意結，一呼百諾，編輯分派專欄位置，作者給編者地位。

也有人覺得，編者與作者都是出糧伙計，關係好得結婚也不管用，許多報紙，轉瞬被老闆賣掉，他退休去，撇下編者，編輯又另謀高就，丟掉作者，樹倒猢猻散，徒呼荷荷。

世上所有飯局均屬無聊，浪費時間，席中還時時有人舉杯喊爺叔，更覺有趣，不過是相互利用，各取其需，不用太過殷勤。

也根本毋須見面，作者交稿，編者收稿，彼此守緊行規，老死不相往來，不亦樂乎。

自由撰稿人對 Hire 與 Fire 看得很淡，有話直說，不要搞小動作，事實上本都會已甚少定期收取稿酬當生活費用的職業撰稿人，專欄也奇怪，一三五她寫，二四六他寫，週末休息，讀者無所適從。

一次，編輯問可否三人合寫一個題目，啊，歲月見功，已無能為力玩花巧遊戲，故婉辭之，非不為也，乃不能也。

拜倫之女

詩人拜倫有一個天才女兒叫愛達，不隨父姓，兩個月大拜倫就離開那個家，生母是數學家，愛達遺傳父親的美貌，母親的才華，自幼對數學研究有成績，十六歲與師父研發第一架計算機，當時英政府也不是不慷慨，撥出相等製造兩架軍艦經費，鼓勵新科研，但是因為計算機所需面積大如足球場，無以為繼，終於放棄。

維多利亞時期人才輩出，女皇夫婿仰慕新科研人才，時常與他們通宵達旦談論，女皇起初不以為意，後來首相提點：「她是拜倫之女，陛下不知？」

女皇開始警惕，一日，突發性訪問實驗室，愛達女士匆忙趕出，「陛下，我無暇招呼，我最大兒子自樓梯滾下受傷，我得趕回家照顧」，女皇頓時釋然，這是真正學者、良母。

愛達終年三十六歲，與其父一樣，要求葬在父親身邊。

一百年後，另一位天才圖靈，閱讀愛達詳盡筆記，得到啟發，製成著名計算機伊湼瑪，破解希特拉軍方密碼，對提早結束二戰有極大功勞。

滯留

真實新聞往往比創作笑話有趣。

美有一對老夫婦，入稟法庭，要求驅逐三十歲兒子離家，他們已七次寫信向其提出要求，又願付予一萬三千元作離家補貼，三十歲兒子只是不動。

官判父母得直，那兒子必須離家，大鬍髭壯男接受CNN訪問，堅持上訴。

記者大惑不解之態，與觀眾一模一樣，賴在家裏幹什麼，普通人家，不見得十分好吃十分好住，說個電話都欠私隱，見朋友更不方便，最遲學堂出來，十八廿二，已可搬出獨立，呼吸自由空氣，在美加，強留家中，需付住宿食物費用。

友人家中有兩個可怕姑奶奶，從不打算成家立室結婚生子，五十多歲，還住娘家，父母亦無異議，大家累鬥累，侄子暑假探訪祖輩，還要被嫌人擠，噫，如此兇悍。

是呀，世界悲涼，成年人有手有腳，怎可企圖茶來伸手飯來開口，勉強無幸福，告到法庭，還要強辯，那家，一定幸福到不為外人所道，是世上最好地方。

俚俗語

身為滬人，七歲起自學粵語，其味無窮，最喜俚語：陸雲庭睇相、阿茂整餅、阿蘭嫁阿瑞、豬乸戴耳環，多麼傳神，近代流行語還有着草、神化、short咗、搵邊……時時活學活用，生氣時講粵語，一輪嘴不停，洋同學聽不懂，知不是好話，笑嘻嘻說：「Same to you.」

一次，說到姣婆遇上脂粉客，笑得翻倒，還有光棍遇着無皮柴等，不勝枚舉，朋友忽然投訴：「也太會抽水了，蘇必利爾湖都抽乾。」

也喜歡普通話，亦自學，少年時有女友外號小北京，從她處學會豬八戒照鏡子、哪兒涼哪兒擱着去、肉包子打狗、臨急抱佛腳、你吃的是燈草灰，還有一個奇怪稱呼，叫幺蛾子。

搭在一起，十分好用，幾乎所有日常情況都可以傳神形容，於寫作甚有裨益。

中華成語，是民間智慧結晶，像含血噴人這句，不能英譯，又司馬昭之心，一說這五字，大家恍然大悟。

據說斯文人不說俚語俗語，難怪都比較乏味。

在台住大半年，學會「唉你黑白講」、「你正帥」、「真好嚼」之類，台北的黑松沙士，味道最標準。

你住哪裏

聚會中一定有人喜慢條斯理問：「你住哪裏」，遭垂詢那人也不是吃素的，「啊哈，我住淺水灣」。

藉問住址，打探別人身家財產，是一種社交慣技，故此有年輕女子，在九龍塘合租一房，男生接送時好聽一些：「九龍塘」而不是大眾化的什麼邨什麼樓。

真累可是。

一個人的品德學識，同他的住所有直接關係否？

當年遷居溫埠，文友聽到舍下住址，不悅，衝口而出：「不是什麼好區嘛」，又有人說：「他住的是平民區，我住的是貴族區」，居港行家說：「咁廿萬耳」，全傳到耳中唉，離了鄉別了井，還要作如此較量。

一直虎視眈眈，看別人住在什麼地方，這究竟是何種情意結。

「你那裏，是洋人居住的鄉鎮吧」，終於答曰：「這區，外國人叫筷子山。」

住何處，同一個寫作人的作品有什麼關連？金庸的雪山飛狐，是住在簡而清家出租房間時寫成。他在山頂道一號，沒寫小說。

難寫

日報專欄好寫嗎，當然不，天天交稿，才華蓋世也有用盡之日，三五年見底：寫什麼好呢，多數照每日新聞發表一些意見，通常做包頂頸，扭紋柴，尤其是對大型政策，不反何來題材。

寫週刊容易否，也不見得，常常說明周是木人巷，沒幾人打得出來，正是，最大敵人是時間，時窮節乃見，某件事發生，往往引出專欄作者真性情，觀其文字，可見其性格：有人來不及發表真知灼見，可是事情結果同他猜測完全相反，有人認為沉默是金，不出聲，看清楚些謹慎不會錯，也不行，被人抓住辮子「有人涎着臉假裝什麼也沒發生過」……

誰說寫專欄容易，彷彿社會責任就是非說幾句不可，活人死人都得評論，這簡直是有形壓力。

這時再勸說：You are what you write，不知是否太遲，只覺都會所有人，除出與地產有關人員，都非常不開心，憋着一肚子氣生活，稍有不快，即時發作，文風尖刻已不是特色，而成習慣。

專欄也越發難寫。

辦公室

Sanrio最近製作一套連載動畫，描述一個長得不夠漂亮、又不願同流合污白領女的故事。

日本人描述辦公廳黑暗面最有一手，佳作是《課長島耕作》，看完這套漫格，扼腕三嘆。

小女驀然想起：「媽媽也做過層壓式辦公室，真是那樣可怕嗎」，整整七年半，雖然也做到升級，卻嘔不少白泡，同事們實在太過精練，隔岸觀火，推倒油瓶不扶，跟紅頂白……全褂子的武藝，置身其中，不覺可笑，只感淒涼，付清房貸，速速辭職。

「你——有奮力反抗嗎」，「沒有」，「若果鬥爭，你是贏是輸？」你說呢，哈哈哈哈哈，當然會一敗塗地，人家也是半輩子的功力，並且，不會離職，當然天天磨刀。

其實，天下烏鴉一樣黑，每個行業，都有陰暗一面，寫作這一行，本來個別努力，各自為政，偏偏有人聯群結黨，捧一個，壓一個，損人不利己。

太擔心別人做得不夠好，這是所有辦公室謬誤。

Banksy

多倫多私人畫廊展出七十幅街頭畫家班斯基作品，值得一看。基夫哈林也是街頭畫家，早逝，其中《明亮嬰兒》造型特別可愛，但班斯基作品更叫觀眾唏噓。

有一間年青慈善會所缺乏基金，被神秘的他知曉，半夜他在門上畫一幅作品，那便是著名的一對情侶互相擁抱，卻背着對方盯牢手機信息，多麼諷刺淒涼，完全有安東尼奧尼電影《情隔萬重山》感覺，這幅畫出售後解決了青年社經費。

班斯基作品有時表達更沉重意思，他的作品其實是拓本：先在原版上刻出圖形，然後放牆上，用油漆一掃，繪作便顯現。

街頭作畫，必須手快，否則，被警方逮住，不是玩笑，班斯基一直用這個方法：流麗、暢快。

迄今，班斯基身份不為人知，阿班，不過是藝名，生活不知是富庶／過得去／艱苦，行為百分百藝術家，無限創意。

做文藝工作，極少有人一出發便指向名利而獲得成功，觀眾知無誠意，不會眷顧。

歐遊

小女歐遊，問要帶什麼紀念品。

「一塊羅薩泰石碑模型紙鎮，一枚英巨石群微型胸針，同時，你無論如何，必須往羅浮宮。」

她調侃那是四十年老經驗，並且驚異，「你竟沒在冬至日到巨石群觀日出！」

真沒好氣，歐陸如此多恐怖分子出入，扒手如毛，根本已不是旅遊勝地，但，你又不能不讓年輕人往歐洲至少十次，那是不道德行為，長輩徒呼荷荷。

「結果，你最想念何處？」

無處，不能不去，去了才可以說沒味道，像讀大學，畢業才可說大學無用。

獨自摸象。

最沒有意思是老遠參觀名人故居：莎士比亞村莊、蒙納的池塘……是人，不是那張桌子或是那個風景。

平安回轉就好。

回來沒到兩日，英倫大風雪、巴黎水浸，這不是萬幸是什麼。

九十九

友人一直覺得她年輕時未能與心儀男子發展是一：不夠漂亮，二：沒有嫁妝。

唏噓。

這當然都是真的，但，那種重視外貌與財富的異性，又有什麼好留戀？

事情過去很久，那名男子，今日也不見得如意，他與妻子像任何人一樣，年華逝去，姿色不再，還有，積蓄也漸漸耗盡，此君迄今尚得努力謀生。

人類所有選擇都是錯誤，因不能看到未來，稍有聰明，還可以看遠一些，但最難估計是壽命長短，比存款更加長壽是相當可怕的一件事。

三十歲之後，一個人要對自身長相負責，五官可以作適當調整，姿態氣質知識若有增無減，就是一個登樣的人，不應再有遺憾。

友人年輕時似一隻小豬，此刻不知多大度，仍然穿五百元一條牛仔褲，並且揚言不必修整面皮，只要常常微笑，嘴角向上彎，整張臉便朝上，頓時年輕十載。

過去的人與事，無論愉快與不愉快，多想無益，九十九歲左右的人，記性差些無妨。

愛玲女士說

幾乎一百年前，愛玲女士便在小說中傳話：「男朋友多有什麼用，一不能結婚，二不能贍養」，聽，聽，世世代代都管用的至理名言。

也不止女性應當警惕，男性亦應注意，女朋友多，並非困難，叫化子吃死蟹，隻隻好，日久元氣受損，感情生活前途堪虞。

一向無甚出息，最羨慕婦女自丈夫第一份薪水用至退休最後一份，要不，就憑雙手苦幹，自十七做到七十，自己收入自己花。

社交圈子，他約她跳舞，她總得準備衣飾化妝，還不一定有車子接送，到歡場整晚，回家只看到裙子腰間部位有黑手印，得拿去乾洗，再猥瑣沒有，趁身後有餘，可以縮手了。

愛玲女士的金句，細緻、無奈、淒清，叫讀者嘆息，那麼聰敏的女子！

今日獨身男女精明得多，內心也許仍然脆弱，但擔當生活已有經驗。

當然知道要先籌生活費用要緊，故無限期推遲結婚生子。

所有大都會人口老化，便是這個原因。

頭髮

一個友人說：「阿仔要掉頭髮了。」

這裏還有個故事，話說賈斯汀杜魯多競選加國總理之際，敵對黨諷刺他年輕無知，「不過，倒是有一頭好髮」，美當時奧巴馬總統笑語：「賈斯汀，上任之後，你會掉頭髮」。

這一陣，是他掉頭髮的時候了吧，一條跨國油管建築十年不成，遭原住民、環保人士強力反對，終於由政府動用四十五億購下，全國嘩然……美加雙邊貿易稅收大變……大群非法移民步行走入國界……還有，總理府裝修，被查出一具鞦韆架竟耗資七千五百元公帑，反對黨議員大聲譏笑……

如此煩惱，當然影響髮質，女士們順口叫他阿仔，與他父親老杜以資識別，下一屆競選，真要看政績，漂亮鬈髮不知幫得了多少。

各國政要年紀都不小，最年輕的也四十有餘，卻似有無窮精力，無處不在，無話不說的杜林普真是奇人，肥胖，化濃妝，半夜傳電訊，完全不需休息，此君食譜是寶物。

新聞最好看，有時，真不相信是真事，偏偏就是真事。

大聲公

有一種工具，俗稱大聲公，其實是一隻裝有電池的喇叭式擴音器。

時常渴望有此道具。

站在露台，對牢喇叭，大聲呼叫：「樓下請停止練琴，吵死人了」，或是「已經過了十一點，你們也搓夠了，再不收起麻將立刻報警」之類。

以毒攻毒。

是行不通的吧，你一隻我一隻他一隻，人人一隻大聲公，一幢大廈百多個單位統統以此作交通的渠道，互相罵戰，情況會很恐怖吧。

所以明知有這樣痛快的東西，卻從未曾購置。

人若大聲，我必噤聲。

不然住客全體搬走，寂寞淒清難捱。

每一家庭，每一機構，每一場合都有大聲公，聲震屋瓦，備添熱鬧，物以罕為貴，千萬不要效顰，有一人從事娛樂事業已經足夠。

其餘人等不如悶聲發大財，以意志力抗拒噪音，努力本分。

窗戶關緊些，要不然加副耳塞，便用不着大聲公。

十五歲嗎

年輕人在學校耽擱太久，踏出社會，幾乎三十，前半生都快過去，誰還扭扭捏捏談戀愛，除出向前走，一切都已太遲。男女分手只有兩個原因：第三者，或金錢紛爭，在一起，也不過是Quid Pro Quo，以物易物，譬如說男方幽默樂觀，為人正直，已是最佳之物，值得女方以真誠交換，想法及盼望，與少年十五二十時全然不同。

已經蝕不起，放出去的感情、財物，日後都不能再賺得回來，壯士斷臂，止血養傷為上，拖拖拉拉，一生完結。

大科研公司總裁對師兄妹同學嚷嚷：「別在哈佛浪費時間了，快出來幫我手！」

真是，人家五十已宣佈退休，閣下還躊躇該否轉新行業？自古戀愛最蹉跎時光，不信，試訪問長輩。

有女星說：「我不卿卿我我，我只想結婚」，無意者勿擾。

最懊惱的是說故事的人：這還怎麼寫愛情小說呢，男女主角都十五歲嗎。

愁

「抽刀斷水水更流，舉杯銷愁愁更愁」，「問君能有幾多愁，恰似一江春水向東流」，「少年不識愁滋味，為賦新詞強説愁」，「暝色入高樓，有人樓上愁」……

唐詩宋詞中這許多的愁字，究竟作何解？

大抵指Chronic depression，嚴重抑鬱、沮喪、愁苦、煩悶、乏力，日復一日，年復一年，長久消沉，對生活提不起精神、興趣，全不參與，最好整日躲床上，拉密窗簾，痛哭去日苦多。

有許多原因導致這種徵候，了無生趣，親友漸漸遠去，不想給怨天尤人負能量影響，像生活中所有災劫，一定還得靠自身走出，不能縱容。

古詩詞及小說特別鼓勵情緒病：虛弱而美麗的小姐由丫環扶着到後花園，凝視白海棠一會，忽然吐血，染紅錦帕……大抵是肺部感染，現代人有特效藥，一定痊癒。

抑鬱症也有許多藥物幫得上忙，請教醫生，及早治理。

一般來說，凡是看到可愛趣怪幼兒無理胡鬧還會笑出聲的人，沒有抑鬱症。

美人

什麼叫美人？

一個年輕女子，在家鄉吃男人大虧，流產，身子稍微好轉，決定掙扎到巴黎謀生，一路捱到大都會，衣衫襤褸，狼狽不堪，最慘是腹如雷鳴。

她貪婪站在餐廳外觀看櫥窗裏糕點，忽然，有一男子問她：「小姐，我可以請你喝杯熱可可嗎？」

太像茶花女故事開端，這名女子，叫費達南，後來結識畢加索，成為他的模特與情人。

真要漂亮到極點才行，落難的她，縱然蓬頭垢面，艷光還是吸引陌生男子，願意安置及提供生活所需，於是她第一天到巴黎便找到生計。

故事今日仍在社會延續：街邊討生活小女孩，努力工作，成為多屆影后，得到社會賞識，記者問：「為什麼有導演挑選你？」伊笑笑答：「我長得好看。」

不過得着機會後，也得拼命死幹。

每一個美女都有一個故事，不過，都不大肯說出來，日子久了，隱隱約約，大家也知道多少，也都不忍說什麼。

一棵樹

有屋主想砍一棵樹。

原來在溫埠，凡直徑超過20cm，離地1.4m的樹，砍伐一定要獲市政府批准才可動工，否則，屬刑事罪行。

先要填寫申請表，附上專業樹木師報告，市府會派人驗證，還會張貼告示，知會鄰居，收集意見，作為參考。

得到許可，可四下估價，找持牌公司砍樹，費用大約四千加元，相當昂貴。

終於事成，屋主把完工照片交到市府，繳付七十五元申請費，慢着，屋主必須補種一棵新樹，取代舊樹。

一棵樹！

它若不是蟲蛀將塌下，誰敢碰它。

這是溫市幾乎是園林城市的原因吧，惜樹才能享受樹蔭。

年前一房屋中介圖海景把毗連三家七十二棵樹砍掉，被市府罰款二十餘萬元。

新移民往往詫異：不就是一隻狗嗎，不就是一隻貓嗎，不就是一棵樹嗎。

冷食

華裔愛熱食，要有鑊氣，「渣」一聲冒煙，有時油着火燃燒，凡食物都是熱辣辣，滾燙，特色是吃火鍋，不熱不歡。

喜歡冷食的不多，但潮州人的凍蟹、滷鵝，多麼美味，已經冷了，不再計較其他，食物異常甘香。

一直喜歡冷食：三文治、沙律、香檳、冰淇淋、果凍、各式芝士、凍肉盤，吃了沒有飯氣上湧昏昏欲睡的缺點。

加國有一種食物：天然雪上鋪一層楓樹糖漿，用竹枝捲起，當冰棒吃，香甜冰沁。

所有酒都是凍飲，大雪，斟些許威士忌，把欄杆上雪捏成一小塊，和酒喝，噫，有紅樓夢意境。

在英讀書時，無需冰箱，吃剩飯菜，放窗外，隔一夜，成冰塊，不過老鼠會設法偷吃，有時，可看到牛油上有牠們足跡。

火腿或羊肉切片凍吃，是北方美食。

一次，半棵生菜拌藍芝士醬上桌，受台灣小姐皺眉掩鼻，「這，怎麼吃得下去！」大家都是華裔，彷彿有些分別。

差些忘記，所有魚生不但冷，而且生，寧波人的醉蟹醉蝦、蚶子、黃泥螺，全生。

華人超市停車場

開頭是各式平治：吉甫、跑車、四驅，像該車行展覽廳，後來，英製車抬頭：「英皇室也用越野路華」，全作買菜用。

第一次見到特斯拉電動車，也在該華人超市停車場，這車好怪，又夠流線，什麼牌子？打開前後車廂，均不見引擎。

還有紅色法拉利，行李箱只比兩隻手掌大一點，也來湊熱鬧。

一輛勞斯萊斯，車牌乾脆叫china。

雅士頓馬田字樣極為細小，要走近細看才分明。

彷彿剛在汽車專刊看到圖片，隔幾天便會在停車場看到實物。

還有一樣，就是女士們不論年紀，均愛用ＬＶ手袋，各式各樣，大大小小，人各一件，展銷會似，都用得好看。

一次見一女郎，背着身子等人，全身黑衣黑褲，一把及腰熨直烏亮頭髮，身形苗條，揹隻四方小盒子剛出爐ＬＶ，標致得想請她轉過頭來看仔細是誰。

沒想到停車場也有此風景，昨日，見到瑪莎拉蒂Van仔，竟不知他們也製造買菜車！

準備好沒有

準備，是十分奢侈的一件事，一些父母，為子女所作準備，聽着都嚇人，自幼兒班開始，就刻意打造人才，花盡心思精力金錢，很多時候，人算不如天算，況且，下一代有他們的意向。

物極必反例子太多，年輕爸媽，反璞歸真：「快樂健康即可。」這才是真理吧。

若要真正準備，只怕什麼都做不成，手頭上只一點積蓄，可以自費留學否，一路打工一路付房貸，會叫銀行拖樓嗎，帶着孩子移民，多麼凶險，誰會有十成把握？

環境不會遷就任何人，有所需要，必定要踏出這一步，怎容人龜縮，非得一步步走向未知之數，統統硬着頭皮上，拼死命做，戰戰兢兢，九分耕耘，一分收穫。

故此，有經驗的人也從不慶祝什麼，如此僥幸，還敢揚聲？

計算太多，即是要等一個十全十美的機緣，有這樣的好運嗎，我想不。

等閣下緩緩穿戴整齊化妝完畢，走出舞台，機緣早已叫別人得了去，或是，等得倦怠，打一個呵欠，打道回府休息。

什麼，什麼代表我的心

上世紀有一首歌，叫《月亮代表我的心》，鄧麗君原唱，之後，七十多名歌手翻唱，但，均遠遠不及鄧麗君，由她娓娓傾訴：「你去想一想，你去看一看，月亮代表我的心」，有一股溫婉淒苦癡念，令聽者潸然淚下。

廿一世紀初再聽，仍覺惻然，都是憐惜其情可憫，所託非人，不能釋然。

只有她才相信歌詞，所以才那麼動聽吧，其餘歌手，唱得如兒歌，有些太過俏皮，有些帶些揶揄，感覺不能相比。

日前，看到華姐選舉穿比基尼的冠軍全身照，美艷刁鑽臉容，健美無匹身段，岔開長腿神氣站立。月亮代表她的心？恐怕她會用英語問：「月亮，不就是地球的衛星，直徑約三千五百公里，表面充滿隕石坑，因日照反射，才映出光芒，如何代表一個人的心？」

過去，必定叫人失望傷心感慨的癡念，已不復存在。對一些人來說，甚至可笑。

現代人，明切知曉，即使心如皎月，遇到不對的人，也會扔到溝渠。可靠的，只有本身能力。

半張皮子

經過足足三年精心籌謀，在一個明媚的五月天，宗主設計把那人引到一處意想不到的陷阱，用最陰險的埋伏，把他逮住，活生生剝下他半張皮，正要動手把另一半也奪到手中，不料被那人掙脫逃逸無蹤。

手下半跪向宗主報告，宗主樂得哈哈笑，「半張皮何在，快呈我看，也可做成披肩，穿身上必然震懾江湖，我也遠遠見過此人，只見他渾身寶光燦爛，無比光芒，靠的便是這張皮。」

手下不敢出聲，取出軟錦，打開，展示那拼命奪取的半張皮。

「啊！」隨從們倒吸一口氣，「怎會這樣。」

攤在面前的，是一張毫不起眼灰濛濛極薄的軟皮，不但如此，而且通體瘢疤，有些疤痕長達數寸，勉強縫合，可見那人長年征戰，傷痕纍纍，體無完膚。

宗主失望到極點，跌坐椅上，「得物無所用，又傷了天良，那人，可有生命之虞？」

「屬下不知。」

「可有人知曉是我們下的毒手？」

「遲早會洩漏出去。」

「為什麼江湖傳說是一件法寶，得之可得天下，說它光光流轉，法術無邊。」

整個大殿靜默無聲，啊，白白血戰一場。

怎麼辦

婦女組聊天，一位年輕太太說到家人如何胡鬧依賴疲懶，言若有憾，心實喜之地說：「我死了，他們不知怎麼辦。」

比她有經驗的姐姐們莞爾。

人在人情在，馬死落地行，他們哭幾場，照樣活下去。

若有好女兒，還會偶而念想，男丁們？

世界正如此運作，否則，子女們哭死當場，人類早已滅絕，正是，誰沒有誰活不下去。

生活忙亂急促為家人服務是一種選擇，應當有痛苦的快感：整個週末替孩子補習公民，測驗拿98％，多麼開心，收拾他們臭烘烘衣物，洗得乾乾淨淨，帶回宿舍，也是成就感。

不必道謝，也不用感激，家人一懂事，或有歉意，是相當叫人不安的事，隨得伊們任性好了。

還有，「我等辭職後老闆會後悔」，會嗎，太陽西天出。

做與不做，想清楚才去馬，不是威脅，也不是叫任何人後悔。

正是，閣下不知何處去，老闆依舊笑春風。

好大雪

溫市連場大雪，雪天不一定很冷，攝氏零度便會大雪紛飛，北國，零度視作等閒，但這一個冬季晚間冷到零下九度，便有點可怕。

一連半個月如此，大雪連場，夜間結成冰，第二天又蓋一層，三呎多深，舉步維艱，車子陷雪裏，長者被困家中，市民發動青年軍幫忙剷雪，在這種天氣，往醫務所，叫不到計程車，情況像那齣雪地追殺尋仇電影，一跤摔倒，陷雪中起不來，慘呼：This is like the bloody revenant！

然後，到下午三時，嚓一聲，停電，不久室溫降至八度，啊，耶穌不再愛惜我們。

事後，猶有餘怖，同家人說：不如搬去火奴魯魯。

但是，那處也是需要與大自然搏鬥之處，每戶房屋都必須買火山地震保險。

園工處理積雪，「市面上融雪鹽全部售清」，他也只得一袋存貨。

新聞片上，看到市民滑雪來回街道，小孩與小狗瘋玩，後院變成冰棒球場……

一切，都視心態而定吧。

面孔

美小鎮鬧鬼，市民深夜致電警方：「有一女子拼命大力敲我家門，快來救我！」「她長相如何？」「她沒有面孔。」

可怕之極。

因此北方人說一些人「沒臉沒皮」，上海人說「勿要面孔」，廣東人則說「架係自己丟，面係人地畀」，一張面孔，實在重要，還是知己知彼，才可行船走馬。

今日世界，男女都須在社會工作至五十五或六十，更加要小心保養面皮，每一行都有行規，大致上像不要壞人衣食，凡事留個餘地，處事不能反覆，切勿惹人討厭之類。

氣量心胸可大則大，最討厭是小動作，hire and fire是職場等閒事，不用侮辱當事人辦事能力有限或不合時宜之類。

遇急事，不可跪下，人算萬物之靈，凡事應早有警覺，及早準備，勿做惡丐，大唱蓮花落。

世事如牌局，輸贏不要緊，姿勢要好看，還有，到最後，知道何時離開牌桌的才是贏家。

三句止

記者讚台星英語能力強，「都說你講得好」，女星笑道：「哪裏哪裏，其實只需三句話，人家由人家說得起勁，我全神貫注聆聽，隔半晌說：That's amazing，他們繼續講，一會我又說：Really！還不停，我又說Wow, wonderful！就這三句。」

眾人笑得打跌。

那麼聰明，Brilliant！

真的，三句足夠，無謂多發表意見。

英人說的：「假如有人需要你的意見，他會問你。」沒問，閣下的寶貴意見，還是藏在心中吧。

試試看，並不太難，漸漸可以進化到不看、不聽、不講，消息，全部自報章或新聞報道得回，百份百真確。

一位諧星說：「許多我說過的話都不是我說的。」假使，任何地方都不出現，什麼話都不說，十年八載之後，這個人或可全被遺忘，多麼幸福。

不捨得，愛熱鬧，那麼，就上述那三句英語，亦可走天涯，不必用英語議論英國脫歐可是明智之舉。

不會說，不說。

好人

讀到同文董生寫過節冷感，其中許多細節，都可以打〃、〃、〃，即遭遇相同，他的童年及少年期，都天昏地暗為生活奮鬥，他從未想及名利，但今日已成為香港ICON之一，憑的是什麼？

與董生並不十分熟稔，照觀察，他成功秘訣是奮進，從不嚕囌，沒聽説過他抱怨環境、社會、父母、敵人，或是牆角那盞燈，他努力苦幹，工夫多些來密些手，半生無假，盡忠職守，敬業樂業。

香港這樣的社會目光鋭利，會放過如此人才嗎，當然不，於是盡力

榨出他的才能，而他呢，亦同時爭取到豐富酬勞，名利雙收，家庭圓滿。

同倪匡一樣，他永遠笑呵呵，一生大概也發過一兩次脾氣，不過均事出有因，他待人以誠，友人遍天下，佩服之至，他全身沒有負能量，朝氣勃勃，從他嗜好箭術這一項興趣可見一二。

許多人會揀選簡易出路如終身沉淪飲食嫖蕩吹借賒，但也有人選擇上進，將相本無種，香港多屆首長，出身都十分普通，性格決定命運。

可幸的是，董生這樣的好人，香港還是很多的。

費力

也曾做過訪問。

印象最深一次：邵氏宣主蔡永昌讓幾個新星一字排排坐待發問，記得有邢慧、秦萍、方盈，人人規規矩矩，蔡生忽然說：「方盈，坐好一點，亦舒小姐正訪問你。」就她一個眈天望地不耐煩。

至今想起，忍不住心酸，那時，大家十六七歲。

也接受過訪問，發覺訪問人不住刁難，一味要標榜自身真知灼見，盡情挖苦，努力反客為主，只得含糊應酬，忽然之間，訪問人大喝一聲：「正經些接受訪問好不好？」

回家後要喝威士忌加大冰壓驚，比爹娘老師還兇，自此婉拒訪問。

倪匡說的：「訪問最難寫：要記者、被訪者，與讀者三方面都滿意。」不可不聽。

也很久沒做訪問，有時，已經很誇張形容那人是天仙一般，人家還不滿意，「什麼，不是九天玄女嗎？」

吃力不討好，做完現場還得回府整理寫出，雙倍時間。

建築

名建築師法蘭萊懷德說：「醫生可以對病人說：如果你不聽我話，你會死，但建築師只能說，好我替你在門外種一棵常春藤吧」，如此苦水，叫人駭笑。

說也奇怪，建築界一代一代都有人才，比寫作或美術多許多。像丹麥籍的恩格斯，他用數碼設計，這種新設計奇異，並不討好，也不實用，不知怎地，由他做來，卻特別可愛趣致。

有一幅建築實物照片，驟眼看，不懂，仔細研究，原來是鳥瞰圖，自上至下，屋頂是一個回字，大小窗戶之間是屋頂花園嗎？再看一下，不，是天井，哇哈，前所未見，迄今尚有新意，了不起！

但是當普通人認識專業人士名字之際，他已名成利就，全球都有他的設計，辦事處滿天下，看樣子，不但是設計天才，也是商業能手。

一個人，不知要多懂得凝聚精神時間，才能年紀輕輕做到那種地步，世上自有橫溢才華。

做建築師最有趣之事，是無論什麼鬼怪圖則，工程人員都能建造成實物，連高地那種扭擰式樣，都做得成功。

可怕時光

一個人，活到三十五歲，如果認為還算年輕，那是錯誤，廿餘歲離開學業，十年過去，應做到主管，略有節蓄，有個打算，輕佻了十年，已經夠本，切勿創造些趣致句子如「窮得除出錢什麼都沒有」之類語不驚人死不休朦朧理論，旅遊已去過馬丘比丘與品脱貢尼亞，請交棒子給下一代，那些十七八歲面孔如蘋果一般少年。

還自一份工作跳到另一份？後果堪虞，行頭極窄，轉來轉去，轉瞬中年，老狗學不會新把戲，老闆擅長把搾乾的上一批像刮渣滓一般剷除，平時一起喝啤酒吃宵夜的良朋益友很快變成豬朋狗友，自身難保，再難喧嘩。

時間過得真快可是，社會已盡量遷就，把退休年齡延遲，不過，申請過公務員的人都知道，三十六歲是最高年限。

廿一世紀最奇怪現象是文藝界特多老青年，找不到身份，仍做資深評論家，又不能再回去做師弟妹的下屬，有點尷尬。

不要嘲諷別人飯碗捧得牢，都知道時光飛逝仍然迅雷不及掩耳。

不鬥

一聽到某劇多個演員鬥戲，便嚇得不得了，大概是劇情緊湊，諸角大顯神威，瞪眼睩睛，哭的哭，叫的叫，即使關煺聲響，也覺勞累，看不下去。

戲幾時變成這樣。

前後看兩次《瑯琊榜》，真覺是《走向共和》以後最佳劇集，紕漏仍多，但勝在戲靜，清秀斯文的胡歌一絲表情也無，瘦削身形，充滿張力，因為主角靜，其他人等也收斂起來，全無人大跳大叫，扭曲五官，堪稱完美演出，刪節本比較緊湊，一環套一環，不過是說一個人報仇故事，但就是精彩。

故事的精粹在知彼知己？不，你猜不到他下一步會如何做，像下棋子一樣，棋高一着，縛手縛腳，痛快，設好圈套，請君入甕。

胡歌天生有種憂鬱感覺，也看過他演俏皮時裝角色，不行就是不行。

至於劇情套得最完美的故事，當然是《鹿鼎記》，不知如何構思，問過金庸，他說，也不過是逐日寫出，好不神秘。

移民

嚴冬，無證移民踩三呎深雪地步行過加國，凍得筋疲力盡，有些指頭發黑，已經壞死，警察忙着接過嬰兒籃，抱起幼兒，設法安置。

有些拍響民居大門，問可要幫助，「這是加拿大嗎」，靜候等待安置。

本地居民作不得聲，神情惻然。

這叫人想起一件事，大約一個世紀之前，美國愛利斯島接獲一批難民，其中一個是孕婦，邊關人員問：「幾個孩子了」，「五名」，「可

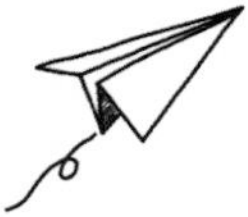

有工作」，「丈夫是挖渠工人」，移民局可沒問這家人何以維生，批准入境。

日後，他們也掙扎下來，不止如此，其中一個孩子日後還做上紐約市長，一個飛機場以他命名，那就是拉瓜蒂埃。

都是為着過好一點的生活吧，不需要特殊階級，也能吃飽飯、讀好書。

先一批中東移民兒童尚不會說英語，然而已經學會溜冰打冰球。

還有，大雪裏學鑿冰洞釣魚，老師竟然是華裔太太。

你不必如此

一位母親同孩子講道理：「媽媽這樣辛苦每日替你補習三小時……」那孩子抬頭，雙目碧清，輕輕答：「You don't have to」，「你不必如此」，母親一怔，站起回房，心灰意冷。

現今的子女，不好應付。

但友人若讀過卡夫卡的《變形記》，心裏會明白許多，書中主角格利哥一心一意辛勤工作照顧母親與妹，一日，起床，發覺自己變成一隻大蟑螂（奇怪，書中從未表明那昆蟲是蟑螂，但是幾乎所有讀者都那麼認為），他悲慘之餘，驚怕家人會失去扶持，終於，他含怨辭世，母女把家裏打掃一番，把空出房間租賃，生活比從前更加愉快。

任何人，做任何事，是因為喜歡，做完有滿足成就感覺，千萬不要自作多情，以為誰沒了誰會不行。

一些糊塗人失望之際會抱怨老闆無良、家人薄倖、伴侶還不如禽獸，請記住，你原先不必如此熱情。

家母生前，一次見我忙上忙落，這樣說：「你要知道，你今日所做一切，沒有回報。」這當然是真的，成年人做事，還敢圖報？

改編基因

衛斯理一早推測某國醫學已走進換頭階段，因此，換手換腳換面孔，基本已不是問題。

更改胎兒基因確是當務之急。

第一要改的是夜哭基因：有何好哭，大人已經夠辛苦，晚上還不得好好休息，半條人命。

還有，修正不聽話遺傳因子，許多孩子第一個學會的字是No，討厭不討厭。

相貌長得如何還是其次，最要緊一環，是刪除學習過程：人類從此不必讀小中大學，忙作業測驗考試，長時期受折磨虐待。

由家長選擇：渴望子女做醫生、建築？可以，在基因中做手腳學識能力全植入腦海，隨着發育，人人都是社會專業人士，舞蹈、運動，做三行對社會也有益之至。

並不討厭讀書，但深覺一直以來幾近五千年，年輕人需要奉獻長時間精力在學習上，實在荒謬太不合理。

這時，又想起衛斯理另一本叫《頭髮》的著作，太嚮往其中境界啦。

耆英班

大學招耆英學生，有長者百歲也可以申請。

一年制文憑班應當可以應付，但課題甚不吸引，不過是經濟、健康、環境等大圍題，有一課叫巴黎歷史，好像過得去，但一想到大革命與拿破崙，便覺無味道。

既然沒什麼選擇，只得放棄。

相反，小兒暑期班有趣得不得了：城內建築歷史、本省蝴蝶及其他昆蟲、食肉鳥類、偵察鑑證、考古（恐龍！）、何故本省獨暖、本國對征空貢獻、觀星、冬季運動……幾乎連垃圾分類都可以做成一科，暑期來探親的孩子們恩物。

上了年紀，最適合讀美術與音樂靜態課、烹飪，把法國菜丟一旁，光教粵菜中蒸魚之類、天文、教作文，這是學寫意識流的時候了；生物課可清晰告訴婦女們：無論多名貴稀奇面霜，均不能挽回歲月。

還有，學習禮儀，不是見到女皇該如何應對，而是到普通人家也需預約，走進廚房勿要打開鍋蓋研究，不得問人家月入若干……

要學的實在太多，由專人講解，耆英亦可得益。

恐怖

從前，參觀醫學院，最可怕不過是看到一具具白布遮住的學術助理，人類，不知為什麼那麼害怕遺體，明明他朝君體也相同，卻拼命逃避事實。

今日，最恐怖是何物？一次，看到裝着藥水的大玻璃瓶內養着一顆獨立人類心臟，它正有規律一下一下噗噗跳動，啊，真叫人頭皮發麻，它還有其他感覺否，它可仍然覺得心痛、心酸、心灰、心軟、心焦？抑或，只是一團肌肉？

還有換面手術，最近一如花般少女，自殺，在自己臉上開一槍，又死不去，可是不見了面孔，醫生幫她找到一張新臉。

捐贈者也是少女，濫藥死亡，家人把她全身可以捐出器官全部奉獻，切下面殼放手術桌上，雙目空洞，嘴巴張開，叫觀者毛骨悚然。

兩個不知珍惜生命少年人從此結合一起，十多名醫務人員經過十多小時努力，也不能恢復當時容貌。

衛斯理信徒堅信某國鑽研該類先進手術一早已有突破。

將來，晨早起床，先裝置妥頭顱心臟，才出門工作。

機械兒

小小AE機械人，只有兩呎來高，可愛到極點，有對有答：「會做後身翻嗎」，「會」，可是它沒翻過去，啪一聲跌倒，它會自嘲：「噫，吃太多，胖啦，做不成，哈哈哈。」有趣到不行。又會出謎語：「一隻牛，向東方站着，牠轉了兩個半圈，請問：尾巴朝何方向？」猜半晌不得要領，它會說出謎底：「笨蛋，牛的尾巴，當然永遠朝地下。」多麼逗笑。

價錢不便宜呢，好像要數十萬元，有關公司正在研究低價版本。

又有一次，看到幾百個機械人一起打太極拳，動作一致，大眼睛似全神貫注，蔚為奇觀。

最好是置一對，任它們吱吱喳喳説話，人類坐在一旁聽着笑，機械孩兒不會忤逆，也不必長期照應衣食住行。

醫院內兒童與長者病房都用機械兒陪伴鼓勵病人，引他們露出笑臉。

大學期考之前，一間課室，放多隻治療犬，讓考生與牠們玩一會鬆弛神經，才進考室，效果也一樣。

解釋

多久之前，你已不再介意別人說你什麼？

如果你沒有成績，大抵不會成為標靶。

一個人，三十之後，應該穩固站立，不再迎風擺柳，騎牆，受人唆擺。

也不必解釋什麼，明白就是明白，不明，說到嘴破，對方還是不相信，又為何要該人相信，道不同，離遠遠就是。

這個圈子所有誤會，都是瑣碎事，在各位眼中，既然是那般不堪，那就一直卑微下去好了。

朋友因此流失，那就換一批，做好自身，何愁沒有朋友，或是親戚，讀者？他們只不過希望買到一本物有所值的書本，別無所求。

這是驕傲嗎，不，這是疏懶。

把時間精力省下，做正經事，三十之後，時間越過越快，到四五十歲，每個星期，似被時間大神偷去一天，之後，更加厲害，一年彷彿只剩幾個月，過完農曆年，已近盛暑。

還有什麼好說。

忙着應付生活：換季、檢查身子、修換電器、收拾家居。

解釋什麼，豈有豪情似舊時，花開花落兩由之。

夜雨之燈

十年前，宜家的廣告：一盞枱燈，被棄置在雨夜街邊，雨水自燈罩滴下，彷彿眼淚，一個中年人出來旁白：「不要笨，為這盞燈難過，它可沒有感情。」意思是，能換新燈，就用新燈，不必可惜。

十年後，那盞燈又在廣告出現，這次更慘，大雨滂沱，照頭淋下，燈彷彿在痛哭，稍後，天亮，它似認命，垂頭，而垃圾車已經駛至，工人努力清除廢物，啊，可憐的燈，很快要被棄置到垃圾堆填區，但，不，一個四眼小女孩看到它，用手抬起燈罩，看一下，把它帶回家！

她幫它換上新燈泡，一起做功課、看圖畫書、做影子戲、與玩具吃家家酒、陪伴入睡……

那中年人又出來多嘴：「我知道很多人會替這盞燈慶幸，那不算神經，循環再用是好事。」

觀眾莞爾，大抵被環保浪潮逼急了，才改變口氣。

燈也有命運，人非草木，不禁惻然，險些進入堆填區！

廣告導演毫無疑問是高手。

寫作人聯想到：一不小心，各行各業的從業員也會遭到淘汰，一下子消失無蹤。

走麥城

當然是關羽走過的麥城。

指一個人走到麥城，大抵是到了黃河，可以心死，再也救不回來。

許多時候，遇到挫折，總有如此感覺：不知在哪個岔口，轉錯彎，選擇錯誤，來到麥城，像友人又一次誤聽損友意見，辭去老實可靠工作，為着銜頭，轉赴虛無職位，一聽到消息，「死啦死啦」，轉告的人還笑道：「不必緊張，上市公司呢。」結果，九個月左右便結業。

這麥城通常在中晚年才出現，年輕一輩最多當摔一跤，與生命無礙，上了年紀，應詳加考慮，某導演誘惑某生合作，旁觀者大吃一驚，已達養生時期，小心小心，幸好當事人婉拒，乃智慧之舉。

用力氣換生活合理，用生命則不必，洋洋得意以為老當益壯？沒這種事，可以辛勞，不可勞死，省着點花，才是正經。

「他在走向麥城」，真是悲哀，不要走向任何地方，巴黎也不去，打個呵欠，睡個懶覺，唉，有什麼是十七歲未得到而在七十歲還有機會的呢。

內陸讀者

內陸讀者有一特色。

他們看字，不看人。

不帶勢利眼，沒有偏見，不管作者學歷、地位、年齡，不理他住在什麼地方，穿何種牌子衣服，不計較他性情是小器或大方，貌美或貌寢，是黑人、紅人，甚至男女都不理。

當然不要求作者見讀者，簽名、演講、接受訪問、送紀念品、拍照，他們不理這些，他們只看書，看對了，喜歡，便繼續看。

也不理作者是否從沒住過北京、天津、上海、蘇州、無錫、遼東、廣州、海南……明明是獨沽一味城市故事，西北偏遠省份讀者也不介意，也不寫讀者信問長問短，總而言之，讀者只是默默支持，作者只是默默的寫，各飲長江水。

作者喜不自禁，自由寫作，沒有調侃、諷刺、譏笑、抽水，最主要是毫無是非。

根本讀者與作者的關係就應當如此簡潔：要就看，要就不看，作者毋須吹噓、宣傳、亮相、打鑼。

認真慶幸世界有進步。

楊康這個人

楊康這悲劇人物塑造得十分完整，相形之下，漢姆烈特簡直算是自尋煩惱：懷疑生父死於非命，報官究查不就得了，卻因性格造成悲劇。

但楊康一直被命運大神戲弄，不能自拔，明明是獵戶之子，偏被金侯王收養，且獲眷顧，一直尊貴活到成年，人稱小王爺。

就在此時，忽然有一班江湖人士，同他說：你認賊作父，你是漢人，把一個襤褸的草莽人士推出，這才是你的生父！快去報仇。

封建的意見是：楊康，你若不覺悟，你不是人，一直以來，楊康被列為壞人中之壞人，金著裏奸角之一。

如果同哈利說：喂都傳說已久你生父乃一名馬廄教練，你何不離開凱盛頓宮去查個究竟，你猜他會怎麼做，當然是不發一言留在皇宮享受榮華富貴及盛大婚宴。

華裔中道德塔利班甚多，還牽涉到楊過：他得為他父贖罪，噫，不知關這機靈孩子什麼事，他得改過，愛上師傅更罪無可恕。

作者倒沒有鞭撻吃人的禮教，只是把事實寫出，讓讀者感慨。

三代老人

日本人口老化好似比任何國家都嚴重，據調查，他們已有三代老人：六十、七十、八十或以上，都迫切需要社會照顧，資源短缺，苦不堪言。

六十還不算老？別自欺欺人了，精力體力，四肢關節，都不能同十年前比了，又退休在家，老對老，無奈地照顧更老的父母，一步走不開，形成重壓。

新聞片段所見，白髮兒子問娘親：「麵還好吃嗎？」母親已不認得

他是誰，十分禮貌回答：「味道很好。」這是比不孝更大悲劇。

若果不能照顧自身，實在不必叫下一代揹包袱，養兒防老是人類最不文明與最殘忍之舉。

各子女為防自身之老還手足無措，不知如何是好，許多人到中年才成家立室，自顧不暇。

家族無失智老人，絕不糊塗，事事精明，希望得到如此遺傳，閒時致電年輕編輯：「小妹／小哥，你這樣就對不起老姐了，這種編排，是應該的嗎？」

美國一個九十二歲老太，因年長兒子吃不消要送她往老人院，憤然取出手槍擊斃兒子，旁人不知說什麼才好。

愛情小說

小說裏的愛情，怎麼可以不提金庸。

我等看金著，難道真是為着降龍十八掌與九陰白骨爪不成。

始終認為 There is no sadder story ever told, than that of 穆念慈與楊康，還有小龍女與楊過，而令狐沖在竹林中向婆婆訴說對小師妹思念之情，更叫讀者鼻酸。

金著中不知多少纏綿得不到的愛，不知如何，寫得動人但又含蓄，少年時不勝訝異：那樣木獨的一個中年人……

小說裏戀情，苦是苦得不得了，大汗許親也不管用，郭靖癡愛小妖女，大有If loving you is wrong, I don't want to be right之意，到張翠山，又來一次。

書中還有許多比較大膽細緻描寫，今日年輕作者不一定有膽量與能力寫出。

他筆下愛情全是固執、義無反顧、錯到底又如何，十分偏激，不可理喻，連梅超風都不叫人反感，俠客、俠女不止一次羨慕農家平凡人家溫馨滿足生活：「阿牛的爹」……

到了《鹿鼎記》，筆鋒忽轉，那真是詳盡描寫人性黑暗，名利場罪惡，噫，不再有愛念矣。

舊片勝多多

電視上演舊時劇集，居然看到《新紮師兄》！

啊，大飽眼福，單看梁朝偉與張曼玉已經足夠，那麼可愛：天真年輕飽滿面孔，二十歲演二十歲，不見一絲做作、懷疑、顧慮，滿身陽光曬得金棕，自頭帶到尾舊T恤舊褲子，忠實描述小市民青年生活。

還有《鹿鼎記》，劉德華的小玄子與梁朝偉的小桂子，兩個新人撐起改得一塌糊塗的金著，是電視台的運數。

師兄一劇中阿玉，但見臉容如蘋果，瞇瞇眼、嘟嘴，長直黑髮光可鑑人，難怪當年有「書中自有張曼玉」一說，也佩服香港觀眾具欣賞與眾不同的品味。

最近見到她代言時裝品牌近照，黯然，一顆心跌到腳底。

如今年輕一輩多數已經走入中年，精練、做作、太過精明，得失算得太盡，不少五官像掮客，光掛住自我推銷，不理角色。

唉，美人自古如名將，不許人間見白頭。

時間也太公平了一點。

大把人追

有，到現在還有人追，大把大把，一捆一捆，老中青都有，溫柔莊重粗線條俱備。

職業婦女就是這點佔便宜，相貌年紀身段都似乎不再重要，追、追、追，一個勁兒被追。

每年一到農曆年關，追的人更一個緊接一個，再也不會放過我們，追什麼？追稿。

不然還追人乎。

週刊有要求在十天內多交六期小說稿的。不是東風壓倒西風，就是西風壓倒東風，編輯同作者的關係，一貫愛恨交織，這是起血性的時候了，六期？算得了什麼，馬上像西毒那樣奸笑數聲，第二天，給他送上二十八期。

同志們，以毒攻毒，稿海戰術才能治理這幫奸徒。

編輯們最喜在這種敏感時候找作者的碴：這時過節放公眾假期普天同慶？不行，寫作人不但要如常工作，且要加倍努力，夙夜匪懈。

少年時期，也曾經為此大不服氣，後來思想漸漸搞通，應該為一直都有機會趕稿而慶幸，難得今日有人需要我。

愛得發狂

可能同穀力沒有太大的關係。

也與管理科學無關。

首先，你真的要喜歡寫，喜歡得發瘋，像大作家對家人說的：「沒有錢我都寫，我不愛做別的事。」

真的，不是沒有放棄寫作的機會，過正常日子，按部就班，拿份很過得去的薪水與房屋津貼，神氣地在中環辦公室出入。

可是喜歡寫，沒辦法。

一天不執筆，渾身不自在，且別管寫什麼，有什麼價值，可帶來多少名利，先寫了再說。

在看電影、喝下午茶、逛名店、做家務、旅行、上夜總會、去派對、瞎聊、上班、演講、頒獎、擔任評判……所有的活動之間，寫作人必須要覺得寫作才最最重要，才能勻出時間長期寫作。

那真是要愛得很瘋狂才行。

為什麼不呢。

有人愛美也愛得死脫，又有人為出鋒頭付出不知多滑稽的代價，談戀愛時，更廢寢忘餐，愛寫稿有何不可？

專心

愛因斯坦只得五套衣服。

每一套都一模一樣，那麼，一伸手進衣櫥便可取出適合衣裳，穿上就走，勻出寶貴時間來辦正經事。

社會主義有一度盛行吃大鍋飯，原也是為着省時間，結果實踐失敗，萬惡的資本主義社會見獵心喜，發明快餐飯盒，亦即是大鍋飯。

少年時期，時間多多，精力旺盛，也未曾找到方向，什麼都涉獵一番，無可厚非。

到了一定時候，還是靜下心來修張博士文憑比較見功。

愛科學的，一頭栽進實驗室裏，懷錶當雞蛋煮又何妨，有天才做官的，大可放下唐詩三百首，還有，喜歡寫作，也不必去管金價上落。

一天只得廿四小時，顧此失彼，總要作出選擇，世上真正天才是很少的，大部份人要靠戰鬥性努力專注博取成績。

一個人窮其一生做好一件事，已可入偉人榜，誰會計較錢學森跳不跳舞，王安唱不唱歌，還有，貝聿銘酒量如何。

不敢碰

一直都沒有愁過題材。

想動筆寫的故事包括新紅樓夢、新鹿鼎記、宋慶齡傳、香港佳寧案、加拿大鐵路華工血淚史……

題材才難不倒人。

坑人的是作者的一支禿筆。

功力不夠，可怎麼寫呢，從何開始，如何發展情節，又該怎麼融會貫通資料與劇情，加插精彩說白，還有，深切刻劃角色，使之活躍紙上？

如果一支筆可以變得神乎其技，能夠將駕馭一切題材，再苦也是值得的。

即使是很普通的生活小説，某場某節，用力想處理得更好，不知恁地，心中明明有那個意思，有那個意境，筆下卻滯在原始地帶，推都推不動。

恨極摔筆。

跑到露台站着發獃，對海就是昂船洲，看得見，近在咫尺，多想一腳跨過去，但是不可能。

真正無奈。

再好的題材都不管用，剛在學拿剪刀，怎麼敢碰名貴衣料。

美車

報上極大的廣告宣傳翩寧弗連那設計的跑車。

少年人一看，眼珠子差些沒掉出來。發誓當盡賣光都巴不得籌款供車。

真的，設計那麼美麗的車殼，又還要把機器放進去，並且得開得動，速度快……其他就不能要求太高了。

據說林寶基尼君達的唯一缺點是坐得不舒服。

它們都有這個毛病，但是，誰關心，只要博得到艷羨的目光，只要那標致的少女肯上車來，在所不計。

成年人一看那些名家設計跑車的桶型座位，已經倒抽一口冷氣，即使坐得進去，腰骨也要看跌打醫生，謝謝，免了。

此刻認為最舒服最合用的車是九座位小巴士，去接親友飛機，闔府連行李都載得動，每週去買食物雜物，多少全放得下，不用傷腦筋。

小孩累了，打橫就可以睡一覺，穿州過省，不亦樂乎。

觀點角度完全不一樣。

一日在路上，看見小朋友沾沾自喜駕一紅色跑車經過，立刻豎起大拇指予以鼓勵。

過來人完全知道是怎麼一回事。

天馬行空

不止一次聽見街外人這樣形容：寫作真好，天馬行空，暢所欲言。

天馬行空？

天馬行空！

希臘神話中的天馬叫佩格薩斯，通體雪白，兩隻翅膀自背脊伸展開來，一高興就飛越崇山峻嶺，去到雲層在奧林匹斯山與諸神會合，凡夫俗子只有在牠停在溪澗休憩時才可能有機會看到一眼……

印象中的天馬，同寫作好像沒有什麼相干。

文思試過像亂馬奔騰倒是真的，少年時更喜胡天胡地，亂蓋一頓，到了今天，頗打算文責自負，因略為謹慎，更顯得寸步難行，十分尷尬。

始終覺得雙腳還在地上，因為風景不壞，也無甚抱怨，努力抬高頭，挺起胸膛，走得神氣點也就是了。

什麼叫天馬行空，不知道。

寫起稿來，慢如蝸牛，姿勢認真欠佳，既怕情節與生活脫節，又驚對白不切實際，又希望人物合情合理，真做得手忙腳亂。

偉哉港人

港人特色是爭財不爭氣，也絕不妒忌。

許多超級富豪都貧苦出身，白手興家，他們能夠憑機智及機會抖起來，有一天或許我們也可以，光是每個星期開兩次或三次六合彩，已經製造兩、三名小富戶。

誰呷了醋，坐在那裏光是被嫉妒噏心，是要受恥笑的，從來沒見過那麼大方的一市人，財閥的豪華座駕駛過，普通老百姓不但不嫌招搖，且豎起大拇指讚：「超人，好！」

換了在別處，大車許會被扔雞蛋，移民第一課是財不露白。

大家都有某一程度上的豐足，你有珠寶？但是我有青春，他有學問，她的幸福家庭更令人羨慕。

金錢面前，人人平等，一個勁兒賺錢即可，無暇細眉細眼。

誰沒有照顧過大陸親人，負責數萬名越南船民生活，亦已超過十年，宗主國又喜動輒把原本屬於我們的東西，作個高價，再賣回給我們。

家裏老的小的都要開銷，通脹日升，港幣失色，都要咬着牙關挺過。

照樣歡天喜地的吃喝玩樂。

喜歡

畢加索專心畫畫的時候，往往把自己關在畫室之內，死幹。

一次，當年只得幾歲大的帕保羅用力搥門哭叫父親出來陪他，畢加索不肯開門，在室內答：爸爸要工作。

多麼狠心。

彼時他早已衣食無憂，面團團作富翁，才不是受生活所迫，何為如此用功，可見是熱愛創作之火大力燃燒。

喜歡就不累，信然。

因為喜歡，必定搶先做，絕不押在茶餘飯後、舞會散場、寂寥無聊之時才做。

億萬富翁晨早上班，必然也是這個道理，不讓他回公司，他才心慌。

女士們逛名店拼命買也屬同一類心理，才不是因為沒有替換的衣服。

心頭所好是最佳動力。

可惜不是每一個人的工作都是他的愛好，所以有人在崗位上呵欠連連、金星亂冒、諸多抱怨。

很可能是入錯行了。

只怕會誤己誤人。

家人

人類是群居動物，再獨行獨斷，一到農曆年，也會希望與家人説説笑笑鬧鬧，吃頓年夜飯。

親友有什麼事，雖不致如同身受，也會牽腸掛肚，憂慮不已。

家人毋須榮耀我們，我們亦毋須令家人感到光榮，現代社會，誠然一人做事一人當，但，生活得愉快正常，全家放心，功德無量。

好友亦差不多等於家人，奇言怪行可能會令他們失望，可免則免，俗語説得好：親者會痛。

家勢值得炫耀，絕對可喜可賀，何百萬的公子，包船王的千金，先聲奪人，佔盡優勢，但到頭來，還得看個人辦事成績，英雄不論出身。

列祖列宗如果統統是偉人，對於我們從商、寫作、教學的心理壓力可能更大更重。

家裏有誰成了名，與有榮焉，誰要是愛上低調，好得很好得很。

只要人人身體健康，態度樂觀，歡聚一堂，不亦樂乎。

誰會不會名垂千古、腰纏萬貫，不在考慮範圍。

玩物喪志

講到完全沒有嗜好，小朋友笑，「那，你一定是怕玩物喪志。」

太太太太太太言重了，誤會誤會誤會。

普通人有何物可玩，有何志可喪。

玩物需要極大財力精神時間作後盾，玩得精，任何一小兒科包括圖章石頭、古董袋錶、一盤棋子，一首樂章，便可窮其一生。

蟻民營營役役，為口奔馳，無物可玩，不克應酬。

又前半生不過在報上寫寫寫亂寫，並無志氣，即使丟下禿筆，跑去玩要，也不見得就是迷失方向，老總立即找賢良之士頂上，讀者毫無損失，幹革命、搞舞會，都另有其人。

若結束這一段雜文之後努力十載可令世界獲得和平，那麼，還堅持寫這個專欄，堪稱玩物喪志。

自從小學三年級作文寫過〈我要做一個消防員〉之後就再也沒有立過什麼志。

願望不過是長寫長有，讀者多多。

嗜好是天天寫幾段，免得空閒無聊，又有精神寄託。

希臘神話

友人亦喜歡泡圖書館，說有空，一定跑去坐下，重看希臘神話。

第一次接觸奧林匹斯山上諸神，是在《兒童樂園》。

當日主編決定把神話中人神鬼的七情六慾，尤其是妒與恨灌輸兒童，實需極大勇氣及智慧，小讀者則肯定受用不盡。

第一個讀到的，是金蘋果故事，接着有奧菲斯到冥界去尋妻子，尤魯蒂斯，還有，底達律斯與伊卡勒斯飛得太近太陽以致摔下愛琴海……

愛神如何出生，天后多麼嫉妒，普羅米修士怎樣偷火救世人，慢慢都浸入腦中，上了初中，英文課本發下來，有一本居然是霍桑節錄的希臘神話，大樂，這才把獨立的故事串連起來。

《兒童樂園》交代諸神關係，往往有點曖昧，不甚明言，情有可原，諸神鬧得實在太亂。

選名字的時候，愛神統稱維納斯，其實這是她的羅馬名字，許是怕阿富羅底蒂對小讀者來說發音是太過複雜了。

簡單透明的文字，配美麗精緻的七彩插圖，《兒童樂園》的故事常使原著失色乏味。

大題目

寫一個特別的題材，當然是因為想寫，非寫不可，一吐為快，心裏似有一團火在燃燒，傾訴完畢，才會熄掉。

可是有人這樣說：「真不明白為什麼誰誰誰忍得住不寫這個熱門好題材，老實說，既討好，讀者又愛看，況且，鞭長莫及，寫了也沒有後顧之憂。」

講的是什麼題材，路人皆知。

這樣聰明，都計算好了，掐指一算，有百利而無一弊，真正不寫白不寫，不吃白不吃，不管三七廿一，起了哄再說，如此熱鬧，千載難逢，不軋一腳，損失可大了。

於是爭先恐後，選出一個大題目，群策群力，鬧將起來，完全失卻獨立思考能力。

讀者愛看？未必，還得看寫得好不好。鞭長莫及？不要開玩笑，你去得到的地方，他們也去得到，你還沒有遇到麻煩，不是他們辦不到，而是你還不值得他們給顏色你看。

各人的信仰不一樣，挑戰一種勢力，付出巨大代價，在所不計，是因為的確相信，一定要這麼做，作為知識分子，義不容辭。

不是因為哪個題材討好，有沒有後顧之憂。

呼之即來

今日結交朋友困難，標準不宜設得太高，呼之即來，也還可以容忍，貪熱鬧嘛。

之後，不對了，揮之即去，亦無所謂，自由社會，一切選擇自由。

到了這個階段，一切關係似乎應當終止，恩恩怨怨，一筆勾銷。

再有人大鑼大鼓大聲呼召，就恕不響應了。

一個回合已經足夠，來過，又識趣地離開，還有什麼理由要一次又一次自討沒趣。

做朋友不比找生活，為着生計，面對大前提，好馬不吃回頭草統共行不通，餓癟乎？當然是哪裏有肥沃草原就往哪裏去。

找朋友是為開心，試過不愉快經驗，宜永久保持距離。

愛玩政治的人對朋友也喜歡緊點鬆點，鬆點緊點，今日打兩下，明日又來呵護幾句，誰是橡皮筋，陪人玩這種遊戲。

小事上才不必有容乃大，既往不咎，從寬處理，謙謙君子。

不再玩就是不再玩。

怪人

你認不認得怪人？

怪，乖得不得了，或生活時間統統與常人對調，或脾氣狂躁奇臭，或滿嘴粗言穢語，或沉默寡言喜怒無常，或打扮奇特無法接受，或生性吝嗇一毛不拔，或風流過份幾乎折墮……

老練的社會不是不能接受怪人，容忍怪人，但，有一個致命條件。

該人之怪，需與該人之才華相等。

或者，該人才華，需超乎該人之怪。

那樣，怪不但不妨礙什麼，反而為常人津津樂道，社會不是不愛才的，對此類特級怪人，不成文地頒發執照一份，通行無阻，特准其怪。

沒有本事，光是怪？不行不行，馬上會遭到唾棄，立刻有機會嘆懷才不遇。

所以，在留長頭髮，言行怪誕之前，先攬鏡自照，問一問：以吾之學養，可以怪至啥子地步？切勿東施效顰。

不是人人可以怪得受歡迎，怪得人不介意，怪得人笑，怪得人佩服，沒有天大本領，還是規規矩矩，做一個普通人好。

理想生活

你知不知道你要的是哪一種生活？

理想生活如下。

早上自然醒來，什麼都不用趕，泡一壺好茶，攤開諸份報紙，痛快瀏覽。

澆澆盆栽，做一會子家務，研究晚上弄個什麼鮮樣的菜來大快朵頤。

午飯到公園去吃，騎腳踏車繞湖一周，圖書館裏找些資料，回到家

中在設備齊全的書房裏寫一段長篇小說，管它稿費多少，也不理幾時登出來。

傍晚看看日落，威士忌加冰，感慨日子飛逝，大聲唱「少年的我，是多麼的快樂，美麗的她不知怎麼樣」。

週末逛市集，長假隨便收拾一下，便到外邊旅行。

在大學挑一個最最不相干的課程，什麼天文物理、海洋生物、地質研究，完了還得年年不及格，絕對不抄筆記，不做功課，純消遣，被踢出校，還振振有詞，公諸天下。

其實再謙卑再簡單沒有了，很多人都做得到，但是誰捨得這樣無聊無為地過日子？

所以都會人視之為理想。

中年心態

看到迷你裙，說聲受夠即是受夠，無意重蹈六十年代覆轍。

頗值得生氣的事，也說讓它去吧。

日常生活，最好什麼事都不要發生，中六合彩例外。

無緣無故，十分快活，逛一個街都覺得是恩賜，異常滿足，一副健康身體，簡直就是上帝見證，歡天喜地。

做事開始負責一點。

比較挑顏色鮮艷衣服，愛上紅鞋兒，不管配不配，買下來再說。

不那麼肯拍照，出鏡頭，見陌生人。

覺得大方重要過標致，還有，自由自在最值得追求。

言行益發滑稽，喜歡笑，看笑片，聽笑話，也不介意引人笑，覺得生活中好笑的事越來越多。

貪吃貪杯，無法控制，跡近發狂，好菜上來，立刻舉箸，目中無人。

不大有原則，討價還價，容易商量，總之不要辛苦，艱難免談。

噫，踏入中年平原矣。

九十年代

九十年代帶來詭異的感覺。

五十年代還是兒童，最深印象不過是《兒童樂園》創刊號上畫一隻胖胖小鳥高聲唱賀一九五二年，你好！

六十年代中學畢業開始做事，吃苦是吃得不得了，收入菲薄，但到底踏出第一步，並無畏懼，趁着青春，勇往直前。

七十年代來臨，社會風氣開始老練，更加覺得是一個美好的十年，忙打基礎，無暇悲秋，飛快就過去。

八十年代實在沒話說，有求必應，肯付出便有收穫，社會富庶成熟，對多姿多彩的私人選擇不聞不問，給予最高度自由。

如今世道已慣，此心到處悠然，可是此十年不同彼十年，頗有點憂心忡忡。

不由得不向友人說一聲嘩，不知不覺轉到這年頭，非同小可，絕不簡單，可真得步步為營，小心為上。

不比從前，清兵身份，胸前佩一勇字，衝呀，跌倒立刻爬起，沒事人一樣再來一次。

終於第一次感到衝擊了，大時代，世紀末，把此時此地的生活實錄下來，後人一看，也就是篇篇演義。

心臟時間

自由工作者不一定朝九晚五操作。

每日精神最佳狀況數上午十一時至下午三時，這一段時間，統統用來寫稿，恕不分身分心，戲稱這幾個鐘頭為心臟時間，你看，多重要。

其餘的，不是時間頭，就是時間尾。

挺怕辦公室朋友利用他午膳的時間尾撥電話過來聊天，一談一個小時。

己所不欲，因此開場白往往是「你現在能不能說幾句？」可能人家也正開會。

這樣緊張兮兮，才能完成一天工作，故此最最羨慕人家在早餐前、派對後便可趕出工夫來，姿態上好像先贏了一仗。

在宴會孵到深夜，第二日一整天就是舞會的時間尾，疲不能興，巴不得睡到黃昏，又一天泡湯，而一年，不過只得三百六十五日，浪費豈不可惜。

十分討厭時為公用，除非是最最適當的人與適當的地點，否則真不想動。

誰在迷離境界寫作，誰在現實世界撰稿，是看得出的吧。

非不能也

老姐妹這樣說：「這人越來越古板，快開始講耶穌。」天大的冤枉，誰比誰更不會玩，還有，誰比誰更不懂浪漫，更不瘋瘋癲癲，更不欲仙欲死，率性而為，自由散漫。

都毋須天份吧。

也得看看是什麼光景了。

大把時間躺在荼蘼架下打情罵俏呢，可是小說同雜文稍後又拿到什麼地方去登。

當然工作至上。

曾在大機構接受勞動改造達七年半之久，環境十分奇特，也學到若干真理，其中一項是上頭只認工作成績，不認人面。

大勢所趨，既然社會風氣已演變到如此緊迫程度也只得把閒情拋卻，換一副嘴臉，從頭來過，列位看官，可別誤會有人生下來就是個粗胚，有病都不懂得呻吟之藝術。

時移世易，此一時也彼一時也，不切實際，不受歡迎，不易生存。

鳳哥兒的醒世恆言：裝蚊子哼哼，就算是美人了？

白擔虛名

社會主義政府最擅搞宣傳，壁畫上全是鮮紅的旗幟，工農兵及兒童統統精神抖擻，臉容飽滿，愉快而健康，口號是社會主義好。

對比之下的資本主義社會，黑暗、骯髒、人吃人、逢商必奸、剝削窮人，滿街都是不平等現象，處處是牛鬼蛇神，喪盡天良，唯利是圖。

香港當然是資本主義社會中之表表者，照說，在本市長大的人，幼受庭訓，都應該壞得不能再壞，精刮得不能再精刮。

可是為什麼，熟悉社會主義的內地親友，反而視我們為天字天一號瘟生羊牯？

每封信裏都是要要要要、給給給給給，開頭是基本的生活必需品，漸漸胃口壯大，索取留學費用，盼望自置樓宇。

當然，問不問在他，給不給在你，可是，不由人不懷疑，大家好像沒有把萬惡的資本主義精髓學好，怎麼搞的，彷彿要輸在社會主義手下，簡直沒有招架之力了。

真正需要從頭學習，把自私自利，無情無義的一面拿出來，表露資本主義最無恥可怕的一面，別白擔了虛名兒才好。

手工藝

全部HAND-MADE，逐個字做，寫得不清楚，擦掉重做，每個格子一個字，一張稿紙五百字，一本書十一萬五千字，因為過程實在太艱巨，寫作人很難不愛上自己的作品。

寫完之後，抬出小型影印機，一式三份，親手親力親為，交給別人？開玩笑，不見了一張半張怎麼辦。

影印妥當之後，厚厚一疊放入牛皮紙信封，填寫地址，該寄的跑郵局，該送的上報館，又是老話一句，一點都不想假手他人，不冒風險，沒有閃失。

從頭到尾，每一個過程都是BY HAND，百分百純傳統手工藝。心思十足，同繡花與雕象牙沒有什麼分別，歐洲人製葡萄酒仍用手工，有幾種名車，每一個零件都靠手工，可見手工藝並未凋零，仍屬矜貴。

自己的生意，敝店只賣一種貨色，多年來交貨準時，童叟無欺，老闆伙計都是同一個人，是以孜孜不倦，有時遲至晚上十一點還在開工，有必要時，公眾假期與週末都可以犧牲。

打工才不會這樣勤奮，主顧統統是熟客，賓主都知道規矩。

是一個賺手工鈿的人。

胖

不應胖的時候胖，或是胖在不該胖的地方，都值得惋惜。

原因是最容易控制的一件事：少吃一點就行了。

咖啡少加一顆糖，戒掉汽水，謝絕下午茶，立即見功，一點點意志力而已。

胖人太不自愛，不住放縱，恣意地吃吃吃，睡睡睡，三五七年之後，便屆不可收拾田地。

長肉其實也不是容易的事情，尤其是今時今日的港人，內憂外患，油浸着都胖不起來，一個苦夏，都說直瘦掉三公斤。

能夠胖得不可開交，的確得天獨厚，世人都憔悴，胖人自得其樂，沒有病痛，沒有壓力，當然應該胖。

不曉得怎麼樣幸福的生活，才能製造肥人。

胖人多數樂天、開朗、溫和，但是身形卻霸道、邋遢、懶洋洋。

曾有位友人，每隔三兩日不見，一定又長胖一點，十年來按時添增了廿公斤，非常有恆心。

逢有太太們抱怨體重無法減輕，喝水都胖，苦命非凡，便笑曰：「找一份工作做，不要說瘦，生癌都容易。」

壞讀者

人家的讀者好像都比較可愛，崇拜作者到五體投地，噓寒問暖，鮮花糖果賀卡，閒時讚美一番，皆大歡喜。

當然，那是人家寫得好的緣故。

不是人人這麼幸運，通常接到讀者的電話都獨有見解，諷嘲有加，並不是謾罵，無理取鬧倒永遠可以一笑置之。

舉例：「背景搬到九龍城寨？算了吧，你以為是夢斷城西，不是你那杯茶，還是寫小布爾喬亞吧。」

還有：「你不管的呵，女主角是女主角，背景是背景。」

還有：「太像情慾篇了。」

更乾脆的有：「這算是什麼？還我書價！退錢退錢。」

時常苦苦哀求：不要看了，叫您老受罪，真不好過，看別人的吧。

不行，絕不放過，一邊看一邊作出有益有建設性批判，一位小姐妹忽然說：「你寫得不夠好是因為故事人物都可以在現實生活中找到，你應嘗試創作小龍女這樣的角色。」

救命。

歡樂

海洋館、遊樂場、戲院，歷史博物館……都是享受歡樂的好地方。不，不，不是因為節目精彩，而是因為那都是孩子們聚集的好地方。

單看他們，已是享受，眾孩童永遠是最好的觀眾，反應熱烈，他們最最懂得在適當的時刻尖叫、大笑、驚嘆、跳躍、鼓掌，他們全神貫注來欣賞表演，立定心思，要盡興而返。

值得成年人借鏡，坐在他們身旁，感染歡樂氣氛，一剎那忘卻肩上重擔憂慮與壓力，真正感謝可愛孩子們，如果沒有他們，世界早已沉淪。

側耳聽他們清脆的笑聲，呵呵呵，發自內心，一絲沒有矯情做作虛偽，如一帖清涼劑，成年人神經鬆弛下來，伸個懶腰，除下警報，幾乎可以瞌睡。

有煩惱，遇沮喪，悶悶不樂的時候，就往孩子堆裏逛，快餐店、冰淇淋鋪子、溜冰場，都是理想地點。

猛地想起，那麼喜歡迪士尼樂園，會不會是因為排隊入場時可以與最漂亮的那個小女孩交談？

醉翁之意。

瘋了？

因為太天真的緣故，但凡個人經驗、智慧、學識集中在一起，還不能瞭解一件事的時候，很多人會下這樣的評語：某政權瘋了，或是，某人瘋了。

瘋？

才怪，那根本是人家的NORMAL BEHAVIOUR，碰巧有一次不幸叫我們看到了，吾等孤陋寡聞，嚇個賊死，震驚之餘，硬說人家瘋狂。

這個習慣不改掉，控訴他人發瘋的人因受不住刺激先會瘋掉。

以常理推測，許多事根本不通：身材那麼差勁的人，有何理由發起裸跑；那麼理想的工作，為何不好好珍惜；還有，為什麼資質那麼普通的人，口角竟似英格蘭皇后。

並不是因為瘋了，因為天性如此，他們沒有騙我們，是我們騙了我們，我們沒有好好睜大雙眼觀察、理解、貫通、融匯。

不要怪別人，是咱們自己學藝不精，獨門心思，以己度人，卻忘記天外有天，人外有人。

井底蛙老以為百萬年薪是頂點，卻不知有人每分鐘賺一百萬，人家沒有瘋，這社會以至這世界都沒有瘋，要用新的角度用足眼力去看。

一萬字

一個下午寫一萬字？

記憶中一輩子都沒有寫過那麼多。

多年來慣於一天做三千字，寫到第六張原稿紙的時候，已經坐立不安，巴不得離座玩耍，文思好比擠牙膏，寫得奇慢，幸不辱命，乃是因為時間上計算得比較好，絕非因為速度快。

又一直沒學會同時寫兩個故事，腦筋轉不過來，不是那塊料子，全靠日子有功，才有存稿。

十分嚮往一個下午一萬字的境界。

心胸中必定有無限的話要說給讀者聽，於是乎滔滔不絕那樣傾吐出來，一支筆簡直無法停頓，天馬行空般放到盡頭。

只有上帝厚愛的寫作人才能做到這樣。

餘者像做功課：最好不用做，既然是責任，沒奈何也得爭取較佳分數，於是天天十題算術，一篇作文，一幅地圖。

減產已有多年，又努力爭取週末休息，有些老總堅持稿要獨家，一聽之下，得其所哉。

哪有能力寫兩家三家。

作家外形

像作家的作家實在已經不多了，不是說沒有，極少。讀者想像中，男作家應當有點孤僻，氣質高雅，性格似一個謎，深夜，在郊外的別墅，對牢海，或是一輪明月，寫出一連串感人肺腑的故事。

女作家不必很美，印象中要楚楚動人，不食人間煙火，多愁善感，春呀秋呀流浪的雲動人的雨，日日訴說着她的不快樂，因為太聰敏太無奈的緣故。

所以，哪裏去找。

大約已瀕臨絕種，偶爾碰到一位半位彷彿同上述有類似的人物，亦不禁投以訝異而並非欣賞的目光。

寫作這行業同其他所有企業一樣，日益科學化，同文深諳推廣宣傳大展宏圖之道，沒有弱者了，適者生存。

四五六十年代的文人或許有空可以悲秋，這個年頭，即使不寫財經日誌與移民筆記，也不能與社會太過脫節。

心目中外形最好的作家是徐訏與郭良蕙，他們作品的質與量又毫不遜色，兩位且從來沒有誇耀過優秀的外貌。

是很難得的例子。

值多少

一個人的勞力值多少，並非由他自己所訂。

資本主義社會自有一套供求法則。

你問我值多少，我一定說一億，老闆即使給我九千萬，他還是剝削了我。

隨街做問卷調查，答案全部一樣，我們一定全部是最好的曠世奇才。

故此很難叫價，年薪多少？百萬、千萬、萬萬？

聰明的資方擅做市場探訪，這個天才，到底可以替公司賺多少進賬，老闆大把鈔票，花不花在閣下身上，就得看你當其時的號召力去到什麼地步。

叫價高有什麼有用，標了價還得有人真金白銀肯買走才稀奇。市場認為值一元，就是一元，可以不賣，可以懷才不遇，但不必抱怨。

最原始簡單不過，漸漸發覺毋須開價，合則留不合則去，今日如果難得有人需要你，不用開口，資方自然會提出合理價格挖角邀請跳槽。

你我是否值十億根本不是問題，市場看你我值多少才是關鍵。

租界

講到租界，香港長大的人可能不曉得是怎麼一回事，說到華人與狗不得入內，則人人知道。

租界制度並沒有取消，菲律賓克拉克空軍基地絕對是租界，天津開發區亦以一千七百多萬美元租出五點三平方公里土地使用權給美國一間商業公司，為期七十年。

租還是好的了，至少可以申請收回，或是續約，重新談判條件。

港人的原居地租約屆滿，為圖一勞永逸，不再租地，索性跑到三藩市悉尼多倫多等城市大量收購土地。

日本人當然是這方面好手，請看夏威夷，它不是租界，也不是殖民地，但乾脆快成為日本的一部份。

這是標準的治權在你，主權在我的一種做法。

帝國主義真正越來越聰明，越來越厲害，經濟戰打得多熾熱燦爛。

印象中的舊租界是可怕的地方，明明是中國人的土地，卻尊外國人為大。

溫哥華西區的洋人也許亦有同感，所以大叫港人回家。

深夜刨書

許久沒有這樣做了，捧着一大疊小說，躺在床上，打算一夜把它們看完。

貪婪地，急不及待，走入小說天地，渾忘一切，真實世界中的時間與空間已不存在，精魂被作者的文字魅力吸收。

看畢一本，接另一冊，可眼皮實在瘦澀不過，但是精神亢奮，奇怪，一旦成為書迷，就永遠是個書迷。

全神貫注，彷彿已回到少年時代，大考近在眉睫，卻任性地不管三七廿一，專門挑燈夜戰，看其閒書野書。

這是永遠不會放棄的嗜好。

家人不止一次訝異：「還在看？天快亮了，當心眼珠子要掉出來。」

就是這樣，一口氣看到天濛亮，世上至大享受之一，毫無疑問。

原應把這些新作都儲藏密封，等在飛機上才看，可惜從來等不及。各出版社的老總很知道此人愛看什麼書，紛紛贊助，門外轟咚一聲，便是有新書寄到，立刻摔下筆，跑去拆開細賞。

人寫我讀，不亦樂乎。

志同道合

老笑話了。

有錢人問窮人為什麼不尊重他，窮人說：閣下有財，不關我事。富翁說我分一半給你，那你該尊重我了吧，聰明的窮人答：屆時你我身份平等，何用尊重你。

富人不知為什麼居然這樣急，他說：不如我把整副家產給你，窮人笑道：那你要掉過頭來尊重我了。

自然沒有富翁會這樣慷慨，故事勵志，吾等平民，安居樂業，盡其本步而遊於自得之場，不曉得多開心。

幹文藝工作的人泰半有些野人性格，動輒把那梁山泊姿態露將出來：你有名氣？我也有呀，香港那麼小，誰不出名。你有錢，我也有用呀，自給自足，從不賒借。

絕不陪笑、陪飯、陪坐。

單同老姐妹或是小朋友們吃喝玩樂，聊天吹牛，除笨有精，養生至上。

資本主義社會，人家所有，誠屬人家，絕不會拿出來共人分享。

不如結交志同道合之士。

出身

新中年泰半訝異現今青少年一輩之自大、輕佻、以及中英文程度差。但他們遲早會因這個吃苦，不妨不妨。

最最奇怪的是，這一代的少年，大部份好像不打算在三十歲之前自立了。

以前中學畢業，已算成年，紛紛出身找工作，或任空中侍應生，或做洋行秘書，或到報館求職，舊生會中，各行各業都有，互相交換經驗，不亦樂乎。

而此刻，尚有廿六七八九的「孩子們」，還老實不客氣在外國等父母電匯學費寄宿開銷過去。

只要福氣好，不用出生早？

自嘲童工出身，十五歲便寫稿子賺零用，看到遲熟的一群，不駭笑幾稀矣。

奇是奇在，有些縱容子女的父母本身經濟條件其實並不算優厚，社會風氣所趨，不得不拼老命姑息。

西方作風也許有值得效法之處：過了十八歲，一定要對家庭有實質的貢獻，否則請搬出去。

實在是為他好，老馬遲早有倒下的一天，屆時他不會走路，豈非坐以待斃。

知名度

本市那麼小，地方那麼窄，幾乎人人都有知名度，人人都是名人，人人都受注目。

有人做事處世也比較認真，因此就感覺到壓力，哎呀，有了身份，與眾不同，行為舉止開銷就非配合不可，事事檢點起來。

也有人嬉皮笑臉，遊戲人間，已成為習慣，照樣大吃大喝，大笑大講，率性而為，拒揹包袱。

一位醫務所的看護觀察入微：「有時候，略具知名度的候診人在大堂等一會兒就坐立不安了，也有若干名人絲毫不在意，悠然自得看雜誌。」

同金錢一樣，設法控制它，千萬不要給它控制。

若道行不夠，最好聽其自然，人是人，名是名，分開來做。

生活管生活，職業是職業。

剛成名的頭三年一定有困難，因渴望被人認出，之後又恐懼人人把他認出來。

矛盾心理過十年八年通常會被克服，仍耿耿於懷者可能有特別嗜好。

習慣了知名度，就可以相安無事，斷不會為它故意裝模作樣。

程度

有人說，本市的週刊，是「平均中學程度的作者，寫給平均大學程度的人看」的刊物。

用到平均兩字，算是很客觀了。

其實寫作靠的是才華，不是文憑，沒有一所大學可以保證培訓出大作家。

而讀者更加無分貴賤，毋須出示任何文件才能購閱書報雜誌。

現寫的一份週刊，專欄所在那一版打開來，共六位作者，其中一人是博士，另一位是管理科碩士，還有一位是文學碩士，三名是學士。

統統是大學畢業生，有人留美，有人留英，任你怎樣平均，也還是大學程度。

不見得唸大學的人都是死讀書，留學回來，一樣可以寫中文，一般受讀者歡迎，心甘情願為週刊服務。

對象是廣大市民，絕非一小撮象牙塔居民，該類人士，許另外有他們的精神食糧。

每個行業自分良莠，會考生有九優一良者，亦有全部不及格交白卷的劣等生，刊物的形式並不重要，內容才真正要計較。

作者水準，比作者的教育程度更重要。

藝術魔力

報載：有些人因為太過急於一次把藝術珍品盡收眼簾，會得到一種過敏症。

病者在面對藝術珍品時，會產生大量流汗，心跳加速、胃疼等症狀，並且感到暈眩。

精神病學家說，藝術品是強而有力的刺激物，可以刺激一個人內心世界的內在觀念。

藝術魔力不易消化，的確會發生這樣的事。

印象派畫因為色彩柔和，題材美麗，至多看得人心跳，神馳。

最要命是梵高的畫，從未想像面對真跡會有此震盪，尤其是名畫星夜，筆觸色調充滿絕望之意，深深控制觀眾，豈止頭暈眼花，心緒良久不得平復。

我們在逛美術館之時，常聽見四周的同道中人發出嗚呼噫唏呀呵之歎，亦是為宣洩感情。

對一些人來說，美術博物館一直比過山車刺激。

看完米開蘭基羅的摩西，不由人不靠在石柱上大聲喘息。

不過，病情就算嚴重，只要多休息及保持心境平靜，兩三天可以復元。

千萬別妄想一天之內可以把所有藝術品看完。

小人失意

本市有名言叫「小人得志，語無倫次」。

倒還罷了，可以當戲文來看，幽默可愛。

——剛有點得意，欲語還休，欲迎還拒，沾沾自喜，喜心翻倒，偶爾透露一下目前身價，繼而表示不算什麼，又忍不住感激父母沒把他生成一個普通人，當然，又忙着感激親朋戚友多多支持，並且佯嗔地怪眾人不應叫他大哥……

多好玩多精彩。

真正叫人退避三舍的是小人失意，嘩，要命，道行再高，亦難以消受。

小人一旦落魄，立即詛咒社會，唾罵人類，天天吐苦水，日日黑白講，忽爾左，忽爾右，表演真正的語無倫次。

敵我也分不清了，三十年老友亦被誅其九族，特派血滴子四出取人首級，沒有商榷餘地，硬得順我者昌，逆我者亡。

為什麼會變成這樣？皆因不懂失意事來，處之以忍。

至於誰是小人，我們不喜歡的人，一律統統都是小人，我們？我們當然全是正人君子，哈哈哈哈。

一折！

友人在他報上寫：出來江湖行走，最好把自身的成績打個八折或七折，謙遜一番，才會受人歡迎。

八折？恐怕不能令人滿意。

年前有人對密友説：唉這十年掙扎還算沒有白費，到底結了婚成了家，找到份好工作，一切上了軌道。

密友立刻當是惡性炫耀，即時找來爛頭蟀懲罰這個口無遮攔之人。

活該。

一折已經太多，交朋友是為着性情相近，有說有笑已是千金不易，何用事事攤牌比家當，你的成就，在他看來，芝麻綠豆，微不足道，他的財富，在我眼中，可能亦全然不覺稀罕。

有社會經驗的成年人莫不這樣回答：夠吃夠用就算了，唯唯諾諾，斷然不肯把身家、智慧、觀點亮出來。

根本不值一哂，提來作甚，一味振振有詞，萬一碰到天外高士，地洞沒處鑽。

一折也許差不多了。

還有，別忘記把諸友好的成就乘 1000，為什麼不，花花轎子人抬人，這是朋友的義務。

使君與操

曹操口中的使君是劉備。

老劉一向低調，鋒頭同曹操與周瑜沒得比，現代社會中，劉族凋零，周族及曹族則人才濟濟。

一天到晚煮酒論英雄，說到最後，作其知己狀，悄悄過來搭膊頭說：「天下之英雄，唯使君與操耳。」

怎麼敢當，當下一雙筷子要學劉備那樣摔落在地，這一驚非同小可，真正恐怖，死人都要否認，不不不，天下之英雄，唯閣下獨尊，閣下英明神武，攻無不克，戰無不勝，一柱擎天，咱們統共是嘍囉，靠大樹蔭庇，苟且偷生。

誰敢同他平起平坐，三分天下，非得劃清界限不可。

自封花魁，又怕寂寞，故作大方，拉扯一淘伴來共享寶座，好容綠葉襯托出牡丹花來……

沒有，沒有使君，只有曹操，劉備深諳此道，略施小計，便把真相隱瞞過去。

先天性排斥使君與操這一招，埋頭苦幹，由社會評分豈非更好。

小圈子卻最喜論英雄，今日我推薦你，明日你抬舉我，三年都辦不了一宗正經事。

女兒愁

《紅樓夢》裏一支美麗的小曲云：女兒愁，悔教夫婿覓封侯。

每件事都要付出代價，伴侶升官發財，固然光彩門楣，可是一個人的時間用在哪裏是看得見的，女方難免寂寞閨房，所以說女兒愁，悔教夫婿覓封侯。

現代女性的煩惱略有不同。

踏入九十年代，相信有不少人會嘆一聲女兒愁，悔教自己覓封侯。

最衰凡事都有報酬，故此午夜夢迴，怨都沒有資格怨，求仁得仁，是為幸福，你要的是名同利嗎，不都給了你嗎，還要怎麼樣。

於是有女友在理髮店內偶遇誤叫媽媽的小男孩而感動得淚盈於睫的插曲。

永遠喪失普通的喜樂，平凡的幸福，這時候才驀然發覺，人生路上，至多的恐怕是名同利。

而失去的永遠已經失去。

社會賞識新女性，新女性鞠躬盡瘁，報答社會，略有成績，一抬起頭來，流金歲月經已過去，能不唏噓。

難免不苦笑一聲，輕輕說：悔叫自己覓封侯。

導演

老許拍攝新片時接受電視記者訪問，神采飛揚。

導演這份事業，永遠令人艷羨。

同樣是文藝工作，寫作真正孤清，單調的白紙黑字，去幻化吧：小旦是你，雞蛋也是你，小生是你，丑生也是你，書房中，唱獨角戲，長此以往，難保不悶得心理變態。

做導演怎麼同！身為百多名工作人員的統帥，一聲令下，眾人擁撮着上來托住：導演導演導演，男女主角、配角、臨記、製片、助導、

編劇、化妝、服裝、美指、攝影……全體如影隨形，聽導演指揮。

要下雨，晴天自然有辦法落水，大白天拍夜景？也可以，只要導演吩咐下來即可。

出外景才好玩呢，短短數月間跑遍大江南北：英國、香港、日本、廣州、澳門，工作之餘，大可不忘娛樂，一班志同道合，年紀相仿的人天天同聚一堂為一件事努力，痛快之處，只有唸大學時可與相比。

難怪有女演員說：「我生活在一部至另一部電影中，不拍攝期間，我沒有生活。」

電影行業，除了酬勞吸引，如此特殊精彩的工作方式，也令年輕人心嚮往之。

安排

友人舉了兩個例子，然後問：「你情願做甲，抑或情願做乙？」不禁苦笑，可以有選擇嗎，人生路上所遇一切，難道不是統統均已注定的嗎？

再樂觀積極的人，想必都有點察覺，許多事冥冥中自有安排。

於是另一位朋友解嘲說：「頭髮留長抑或剪短，恐怕還可以由我們自己作主。」

也不一定，上兩個月，正想換髮型，理髮師放假，等他回來，突然意興闌珊。

所得到的，又往往未必是當事人所需要的，多數時間不對了，同一件事，同一個人，早十年遇上，與遲十年碰見，完全不一樣。

又不可以拿所有的，去換沒有的，不，不能私相授受。

還有，更不應抱怨，因為得到的始終已經比許多許多人更多。

而且哪裏可以要什麼就有什麼。

不過是給什麼就要什麼，努力歸努力，宿命是宿命。

天文物理

可愛偉大無人駕駛的資料衛星航行者二號，飛出地球已有十二年，此刻經已抵達海王星上空，再過些時候，就會飛抵太陽系邊沿的冥王星。

海王星距離太陽四十萬萬公里，等於地球與太陽三十倍，直徑是地球的三點八倍，太陽系九大行星，它排第八。

一九三〇年，天文學家才發現冥王星。

冥王星以外，太陽還有沒有行星呢。

航行者二號，是否會打回頭返轉地球呢。

幾十年來，科學家一直沒有中斷過尋找第十顆大行星的工作，他們推測冥王星外或許存在着一顆大行星，他們叫它冥外行星。

航行者二號如果繼續行程，會帶來什麼樣的信息？多年來它默默耕耘，寂寞地收集資料，傳回人間，有一套科幻電影曾假設航行者運用知識，產生智慧，活了過來！

它返回地球，大發雷霆要求見他的創造主。

將來如果還有機會返回校園，不管什麼年紀，一定選修天文物理。

實在太令人迷幻了。

求求你

致樓下沒有天份但日日勤練的鋼琴手。

親愛的先生或女士，自從做了你的鄰居之後，就時常聽到你練琴。坦白的說，任何門外漢一聽都會知道，你一點天份都沒有，一生一世都不會有希望成為音樂家，你的琴鍵，只會製造噪音，使無辜的鄰居頭部劇痛，胸口作悶，高呼饒命。

你彈得錯誤百出，全無節奏，忽爾古典，忽爾現代，要不擾人清夢，要不妨礙工作，恐怖的是，你好學不倦，一練三五個小時，鄰居們在梯間談起這種長時間折磨，個個痛苦不堪。

都說，如果私刑是允許的話，終有一日，有人會失去控制，會破門而入，把你的鋼琴拖出，一把火燒掉。

求求你，不要再彈了，大家都是人類，把快樂建築在他人痛苦上面，實在太過殘酷。

我們願意賠償你的損失，或合資買一部鐳射影碟設施供你消遣，或努力介紹牌搭子，或是替你做媒，讓你工餘出去約會異性。

求求你，我們脆弱的神經，弱小的心靈，實已忍無可忍，不要再彈了。

毋寧死

實例：名人把別人一個個推下游泳池。

因為他是大明星，所以有該種特權，玩得瘋，那是他夠活潑；不愛玩，那是他性格矜持。無論怎麼樣，因為他是當時得令，紅透半邊天的影壇大人物，他錯不了。

被他推下水的各色人等男女老幼，許到了五十歲，還津津樂道：「某年某月某日，真正高興真正榮幸，我被大明星推落水。」足以驕之子孫。

所以這個社會如此追求功利。

不成功，毋寧死。

換上一個無名小卒，手指一指都有罪，看？看也不行，看什麼，看你媽？即時演出全武行。

成王敗寇，長得不好看是有性格，不合群是孤芳自賞，缺席遲到叫貴人善忘，無聊是天真，臭脾氣是要求高，疙瘩乃因完美主義。

請放心，一般人對成功人士一向五體投地誠心膜拜，這種現象全世界當然又以香港最為顯著。

年輕人心中已經沒有別的事情，不約而同，想在最短的時間內賺取最多的名同利。

因為成功之後，不但吃得好穿得好住得好，把人推下泳池，那人還得笑。

色情愛情

同文說，他想寫一本最愛情最愛情的小說，以及一本最色情最色情的小說。

誰不想呢，都想得快瘋掉了。

只是寫不出來。

有時間開了頭，非常想營造那種氣氛，愛愛愛愛愛，什麼都不做，身不由己，掉入陷阱，一定要愛，可惜人俗，筆也俗，過了三兩萬字，女主角便自然而然發覺生活現實，於是摔一摔頭，上班去也。

又一個故事泡了湯。

色情小說更是難寫，要寫得什麼都還沒有發生，讀者已經恐懼焦急，坐立不安，那談何容易。

早着呢，功力有所不逮，寫到今天，男女主角不過剛開始拖手，至於他們背着作者做了什麼，那真非一支禿筆可以控制。

真正戀愛過的人是很少的，真相如何，歷久以訛傳訛，色情至今是一道半掩的門，誰不想進去看個究竟，我們都會喜歡讀這兩種小說。

不過要寫得好，生活小說質素略差不打緊，上述那兩種，有一點點閃失，即時惡俗賤格萬分。

愛情色情皆不易。

自序

書中的自序，是一種解釋。

對於一個不喜歡解釋的人來講，序成了一個難題。

說故事的人，職責就是說故事，故事好聽，情節緊湊，人物鮮明，讀者鼓起掌來，說書人已經獲得報酬。

相反地，公眾如一哄而散，那只得重新檢討內容，回家苦練，以圖東山再起。

一切解釋許都是不必要的吧。

你我他是否在七歲起就立志當大文豪，或是成年後如何孝悌忠信，統統對讀者不重要，如果故事好，他們就買。

愛皮西、甲乙丙，不過是符號代表，三本精彩作品一出，即時揚名立萬。

漸漸失去解釋的意願，看到「我之所以寫這本書，乃是因為我想做一個真正的作家」之類的自白書，不禁莞爾，太不了解讀者了，我們並沒有興趣權充心理科醫生。

寫得多，更加沒有辦法逐個故事解釋，每個序一千字，一百個故事便是十萬字，該十萬字，好似又已經是另外一個故事。

太複雜了。

稿酬

近日與好幾位同文說到稿酬問題。

平時都是鋭筆，一遇這件尷尬事，統統成為尷尬人。

並且都誤會有人因為性格強悍巴辣，一開口老闆就得舉起白旗投降，所以深感羨慕。

這種事上，哪有前輩，根本不必私下討教，窮措大要是辦報，給十萬塊一個專欄也不覺貴，可惜做生意同樣需要極大才華，老闆少，伙計多，希望拿多少，儘管坦白開口，漫天討價，着地還錢。

切忌向人家探盤，與他人比較，要同別人一樣，或是踩着別人上。

各有前因莫羡人，我也許認為一塊錢為興趣無可厚非，一樣寫得高高興興，他卻認為十萬塊都嫌麻煩有壓力不幹，你更可能同老總是好朋友無所謂但求互助。

各人情況全然不同，呀，各人擁有的讀者數目也完全不同。

清心直說好了，寫不寫在你，付不付在他。

不必像對付三合會，或是三次大戰。

寫作並非一個華麗絢爛的行業，許多時候，付出與報酬不成比例。

拆穿

一次，同友人說：「他若是真的快樂，就不會拍胸口一天到晚說自己快樂。」

友人沉默一會兒，才答：「固然是，但，你又何必去拆穿他。」教訓得太對了。

又有一次，友人不耐煩同席一位女士，整夜與之作對，散席後猶自忿忿不平：「從沒見過這樣笨的女人。」

忍不住回敬：「同笨女人作對的男人是什麼樣的男人？」

他只得乖乖地答：「無聊的男人。」

完全沒有必要那樣做。

為什麼不能假裝看不見呢，每個人都有他的一套，也都活下來了，並且過得不錯，何用來不及賣弄小聰明，來不及地指出他人謬誤。

江湖伎倆，人人不同，無仇無怨，去拆穿別人西洋鏡，彼時會被人咒詛子孫不昌。

喜歡的話，走近一點，不高興，疏遠好了，世上沒有十全十美的人，你有瑕疵，我有缺點，他也肯定有點不妥。

對工作成績要求高許是應該的，餘者馬馬虎虎，糊裏糊塗，得過且過算數。

何苦去拆穿人家，又沒有獎。

品味

同文這樣子寫品味壞的人：「毫無深意的欣賞力，大廈內部似法國堡壘與賭場的混合，財富炫耀得太明顯，令人覺得主人將一堆鈔票遞予客人的鼻前去聞，顏色只是搶眼而非悅目，氣氛令人反胃，主人招待嘉賓的手法亦令人殊不自在……」

相信每一個人，一年總有一兩次，領教過上述那種令人坐立不安的壞品味。

品味這件事，可以天生，可以培養。

可怕的並不是天生缺乏品味，後天又不願培養品味的人。

最恐怖是明明沒有品味，卻堅信自身品味超群，這種人，一般被形容為老土。

信心爆炸，處處刻意表現一流品味，結果姿態九流。

英國人的品味另有一功，講究低調含蓄，他們幾乎認全身上下只要有一點點矚目，已經是沒有品味，錦衣夜行，誠難做得到。

是，那是一件漂亮的衣裳；是，那是一個美男子；是，那是幢豪華的大廈，但，一點品味也沒有。

高品味是令人舒服、鬆弛、愉快的一種感覺，幾乎可遇不可求。

上帝厚愛

上帝厚愛的人。
可能不一定是億萬富翁。
最近這麼流行評分制度，讓我們也依樣葫蘆。
愛吃，吃得下，時常吃得津津有味，享受得不得了，絕對是一種福氣，廿分。
躺在床上，一下子就憩睡，扯起鼻鼾，直至天亮，鬧鐘響到三聲以上，才醒覺的人，又廿分。

從來未曾動過手術，身體光滑完整亮麗一如孩提時期，並無遭受過那種驚怖痛苦，廿分。

有一份喜歡的職業，日出而作，日入而息，維持小康生活，毋須名利雙收，亦得廿分。

一位體貼關懷忠誠的伴侶，事事有商有量，互相支持，共行人生路，當然廿分。

合共一百分。

要求太低，很多普通人都可以拿這一百分？非也非也，上述數個條款，可能有許多擁有財富權勢的人都做不到。

況且有福之人，很少會是最能幹最聰明最美麗最有機心的人。

這次評分，不看表面現象。

廣東話

大出版社經理這樣說：不少朋友近日批評香港書籍充滿廣東話，文字鄙俗，引致中文程度低降。

他舉例，老舍文字中夾雜不少北京土話，黃春明喜用閩南話，又不見讀者詬病，北京話、閩南話都不鄙俗，廣東話便鄙俗？

為什麼單單針對廣東方言。

因不是廣東人，從來沒想過這個問題，真的，為何獨獨歧視粵語。

白話文的好處是各省各縣的人，只要識字，便看得明白，但是方言用得好，與內容配合，亦可傳神地表達內涵。

國語國語，一國之語，地位被叫得大大提高，近年來改稱普通話，是比較合適的稱呼。

五六十年代盛行的江浙幫文人早已式微，持粵語入文鄙俗一論者恐怕以粵籍人士佔大多數，頻頻譏諷新晉寫作人寫不好白話文。

文字最大主旨不是用來裝飾廟堂，乃是用來與群眾交流信息。

如果信息是好信息，譬如說天下終於太平，疾病戰爭統統消失，兒童快樂健康成長，用北京土話、閩南語、粵語、國語、文言，全部不拘。

內容最重要。

走運

請看同文智慧之語：「我從不相信運氣是天上掉下來的，一個人走運，就是他的努力到了收穫的時候。」

一直埋頭死做死做，不問報酬，終於有一日，機會來了，社會賞識到這個人，給他應得的報酬，旁人不知他經過幾許寒暑的掙扎，他又不說，於是便誤以為名利自天降下，便稱之為走運。

在對頭眼中，還有走邪運一說，指一個人莫名其妙地紅了起來名利雙收。

同靈感一樣，實則上沒有這回事，所謂靈感，不過是千思萬慮，千錘百煉之後文思開了竅，得出結果，旁人不知就裏，便以為是天掉下來的恩賜。

所謂運氣與靈感，可以說全是努力的成果。

成功人士的性格泰半堅毅過人，微時苦難，一帶而過，不便細說，往往謙遜地一句「我運氣好」便算數，普通人避免過份自卑，也很接受這個解說。

於是甲乙丙忽然走紅，愛皮西的作品忽然流行，看表面，全似無緣無故，偶然發生的一件事，事前全無端倪跡象。

他們做得口吐白泡的時候群眾沒看見。

大交易

年輕貌美的少女結識一位男士之後，天天讚美他：大方瀟灑、才華超卓、幽默可親、品味過人……芳心如癡如醉，受寵若驚，一時間像是不信會交此好運，居然接收到這樣一個如意郎君，誠屬三生有幸，喜心翻倒，忍不住要與親友分享快樂。

大家肅然而敬，噫，此君是誰，瞭解之下，原來是那位先生，本市臥虎藏龍，人才濟濟，許是當事人太年輕，不然不至於興奮到這種地步。

戀愛中女孩子，往往把對方看得略闊略高略大，也是應該的。

奇是奇在若干成年人也時常把小事放大，當作大交易大買賣。

一些前人做得不要做，稀疏平常的日常工作，到了伊們手中，忽爾奇貨可居，像是可以藉之立即抖起模樣，語氣聲調統共不一樣，忽然頭重腳輕了。

旁觀者清，你我一生中最大的榮幸與成就，在旁人眼中，往往可能不值一哂。

關起門自家慶祝跳躍最好，無謂逼人共享。

過氣時裝

世上感覺最淒涼的事，莫如遲暮的美人，白頭的名將，以及過氣的時裝。

曾經一度那麼漂亮、神氣、標致，此刻卻那麼憔悴、淪落、怪異，平凡的普通老百姓本身數十年如一日，當然對這種現象感慨良多。

時裝時裝，哪有過時的時裝，當然穿它個新鮮熱辣，今年、本季，剛剛出爐，才叫時裝，明年、下一季，又有另一個樣子，上一年的時裝，今年再穿出來，頓感寒酸窘逼尷尬。

固然逃不過觀眾的法眼，就算是當事人，似西洋鏡被拆穿，也頓時心怯起來。

穿時裝這件事，處理不當，可以是種壓力：時時刻刻走在最前鋒，非要有無限財力精力支持。

如果覺得划不來，請考慮轉軚，改着耐久大方的式樣，穿料子裁剪上佳的衣裳，不再穿時裝。

世上沒有五年前的時裝這回事，當年越標致，今年越肉酸，也不必花心思將之拆開重新配搭組合，如有可能成功，諸名牌大師早已餓死。

也沒有廉價貨充貴價貨這件事，一公里外，已經看得分明。

我沒說過

信不信由你，一個寫作人，如無意外，無論寫過多少個字，他寫過什麼，都還記得，還有，他沒有寫過什麼，也統共記得。

怎麼會忘記呢，再糊塗也不至於這樣，說過就是說過，沒說過就是沒說過。

同文有時喜歡彼此引述轉載，一看之下，立刻分辨出來，是，這我說過，不，這我沒說過。

不過即使沒說過的也不加否認，有什麼關係呢，都是江湖上的手足給的面子，引述的話，也不見得會引致恆生指數升跌，或危害到鄰近國家友好關係，不要緊不要緊。

久而久之，沒說過的好像也都說了，沒寫過的也是我寫的，頓時糊塗起來。

友人有次接受訪問，主持主觀非常之強：「你說過……」友人否認：「你弄錯了，我沒說過。」主持厲聲指摘：「你明明說過！」友人也生氣了，「我親身親口告訴你，我沒說過。」不亦樂乎。

所以你看，否認是沒有用的。

說過就說過好了。

人們永遠只願意相信他們樂意相信的事，誰都是。

遷就自己

你有沒有常常遷就自己？

遷就自身多過遷就朋友，約會便時時遲到，遷就自身多過遷就讀者，專欄便會開天窗。

有時真正起不來，只得縱容自己，難為人家，害旁人久等。

誰不自我中心呢，去，去喝茶，去跳舞，管誰在望穿秋水，幹文藝工作的人不是印刷機器，有時亦需要調節休息。

要把情緒全然壓抑控制，是非常辛苦的一件事，所以漸漸不大肯出來，因不想遷就別人，亦不想別人遷就，次數頻了，言多必失，難保有任何一方忍無可忍。

凡事取一些給一些，一面倒大抵是行不通的。

在不妨礙他人的情況下，一樣可以自我縱容，譬如說，少寫一點，但是在位的專欄絕不缺稿。

又大可以天天早上，對牢浴室鏡子自稱美后，多好，風流不為人知。

遷就自己是很應該的：愛睡到幾點便幾點，愛停工半年便立刻實行，但如果害家人三餐沒有着落，老人小孩受苦，即是不負責任。

把快樂建立在人家痛苦之上，大抵是不應該的。

餘地

有人從來不穿合身的衣裳，總是選大一號，留個餘地，舒適得多，看上去也比較雍容。

有人穿衣服硬是穿小一號，冒充沒有胖，腰圍膀子勒得緊緊，一截截，有點肉麻。

這種事，很難算得恰恰好，體重總會略起變化，寬容或緊窄，悉隨尊便。

有時看到四千平方呎地皮上蓋三千平方呎的房子，便捏一把汗，為什麼不一萬呎平面蓋兩千呎的房子？

一定要物盡其用，去到極端，是一些人的脾氣，不立刻表演，不即時露臉，便覺得吃虧。

默默埋頭苦幹已是上一代的事，此刻時日無多。

自從信用卡發明之後，簡直要把未來也統統花掉，一位年輕人笑嘻嘻地說：「那樣，明天要是有什麼事，也不枉此生。」

是以三分顏色必定要化作十分用。

長得略平頭整臉些，就非向城中第一美人挑戰不可，等不及了。

世紀末，風情自然不一樣，本來留個餘地，留待自身將來享用，現在？不必了，明日太過遙遠，且今宵得意。

魯迅詩

每逢學生運動如火如荼的當兒，便想起魯迅來。

在大會堂工作的時候，在書展買到幾本魯迅手稿，翻到如今，差不多爛掉。

最有趣的，當推魯詩稿。

這是其中的一首白話詩，叫《夢》。

很多的夢，趁黃昏起鬨，前夢才擠卻大前夢時，後夢又趕走了前夢。

去的前夢黑如墨，在的後夢墨一般黑，去的在的彷彿都說：「看我真好顏色。」

顏色許好，暗裏不知，而且不知道，說話的是誰？

暗裏不知，身熱頭痛，你來你來，明日的夢！

這首詩，一九一八年五月十八日刊載在《新青年》四卷五號上，諷喻之意躍於紙上。

彼時的新青年，就是他筆下何期淚灑江南雨，又為斯民哭健兒中的健兒。

距離五四，都有一百年了。

有時情願讀他那胡鬧的我的所愛在豪家，欲往訪之兮沒有汽車，仰頭無法淚如麻，愛人贈我玫瑰花，何以贈之赤練蛇……

比較輕鬆，讀完睡得着覺。

英國製作

英國人攝製的電視片集真是別有迷人風味，很多時候只能吸引一小撮觀眾欣賞，大部份人會嫌它悶。

代表作大抵是知音人百看不厭的《故園風雨後》。

整整六十分鐘都可能沒有什麼事情發生，不但缺大動作，喜怒哀樂都是遙遠的，靜態之至，連精彩的對白亦欠奉。

扣人心弦的是憂鬱的情調，洋溢在主角淡漠得恰到好處的表情裏，一絲不苟的道具服裝髮式，輕輕的語氣，這種細節，其味無窮。

因對四十年代女性服飾特別偏愛，故此一直追看英國廣播公司的「古裝」劇。

近年來該等製作買少見少，英國影視事業同科技水準一樣日漸式微，觀眾只得改變觀點角度去看豪門恩怨或警匪追逐，美國人雄霸市場。

偶爾拾到一套英國片集：肯雅剛剛獨立，土生的英籍白人回鄉則一無所有，遷徙往南非又沒有資產，只得留下來，反主為客，稱黑人為先生，帶着妻子去見新老闆……

沉悶？才不，多少暗湧在一個最平凡的故事展露出來，好在他們並不掩飾日落之悲哀。

放暑假

大熱天時，有外商來，急召，赴約，在車子裏緊張地捧着頭，忽爾生一念，不如不做這筆生意，豈非自由快活輕鬆。

幾乎沒即時打回頭去睡懶覺。

又一次，電話中與老總講數，短短十五分鐘耳，掛線後，發覺一額一背脊的汗。

這等辛苦，贏了也是輸了，故感慨萬千。

一貫十分自愛，略吃一點苦，便覺不值，便欲榮休。

百折不撓，永不言倦不適宜在夏日應用，自我縱容到不堪地步，一遇新工作，先不問酬勞，且看要付出什麼，嘩，那麼累，立刻搖頭擺手。

最最使人累的因素包括熟悉新環境，拋頭露面，打躬作揖，表明立場等等，倒並非埋頭苦寫，將勤補拙。

一遇麻煩人、麻煩事，立即退避三舍，不接這生意。

秋涼之後，態度或許會好轉，這叫做暑假情意結，離開學校，失去樂園，心有不甘，於是下意識放自己暑假，作為補償。

冬天勤奮得多。

晨早八時

靜靜地坐着聽一位比較年輕的友人興奮地細述怎麼樣在晨早八點半趕到公司開會。

不寒而慄。

天性疏懶，這種天氣，肉身如何在寫字樓自上午八時泡至下午六時，老姐妹們都説，至多至多至多到四十五歲，便該自辦公室退下來了。

實在是苦差，漿白一塊面孔，穿墊膊的套裝，高跟鞋，天天表演，酬勞又不能同戲子相比，不如知難而退，早日榮休。

手板眼見工夫，略加培訓，人人會做，何苦擋着下屬升上來，世上至無恥的謊言乃是人生四十開始之類，中年人理應莊敬自強，處變不驚，但必須承認事實乃歲月不饒人。

早上八點半到中環！

彼時有位太太這樣說：「你們這一批人年薪也真的不低了，還抱怨什麼。」

立刻炸起來，說道：「你，你天天早上九時正打扮整齊了到寫字樓報到，揀了當天薪水馬上走，什麼都不用做，看你肯不肯起來，屑不屑揀。」

許多人一世沒有上過一天班，自然不知百萬年薪抵不過一個穿洞的胃。

知來作甚

一直懷疑老伴並沒有真正戒煙，故問：「您老把煙收在何處，說來聽聽。」

伊大喝一聲：「不在你面前抽已是天大面子，尋根究底，太不識向！」真是當頭棒喝，如醍醐灌頂，不由人不立刻站起來唱歌個肥喏，是是是，對對對，多謝教訓，真的，人家給了面子，豈能還要裏子，小人錯錯錯。

許多事，知來幹什麼，有礙養生，明是一隻魔怪，偏去逼他露出原形，他一咆哮，鼻孔噴火，嘴吐烈風，又拿什麼來治他。

有一篇偵探小說，叫做《知道太多的人》，簡直十惡不赦。

又云，不知者不罪，既然有這樣大的便宜，知來作甚，對親友的秘密，苦衷，恩怨，知得越少越好，知道也裝作不知。

沒有更好的辦法之前，切忌炸起來，發難，控訴，臉皮抓破了，怎麼下台呢，又沒有能力從此一刀兩斷，避不見面，往後的日子怎麼過。

有勇無謀是行不通的，考慮周詳了才動手未遲，噫，大勇若怯。

四十危機

真不知何去何從，怎麼辦怎麼說才好。

如說唉已經中年啦，時不我予，立刻有人嗤之以鼻：這是什麼話，忙不迭認老，想博尊敬乎，老老老，無病呻吟，未老先衰，人生四十才開始，豈可滅自己威風。

有見及此，於是略改口風。

強顏歡笑，強自振作，表示人生路才走了一半，應當處處莊敬自強。

也不對，馬上有人笑：此人敢情想活到一百歲，真正不知老之將至，還打算從頭開始呢。

要多難有多難。

漸漸不大談年齡問題。一樣有閒人頷首歎曰：果然也怕老了，開始忌諱年紀，識相點，莫問人幾歲。

每個人對每件事的感受都大大不同。

有人在月黑風高之夜輾轉反側，硬是不明白歲月溜到什麼地方去了，但覺一事無成，無限辛酸，有限溫存，淚盈於睫。

也有人一朝醒來，看見藍天白雪，紅日炎炎，不勝歡喜，立刻起床去努力將來。

私人感受，無法解釋，冷暖自知，也許不是數字，是心情。

標準

「如果我們沒有錯，這是應當的，如果不幸錯了，請你原諒。」當然應該如此，這標準全世界通用。

交稿準時，越寫越好，讀者滿意，完全是應該的，收取酬勞，佔用篇幅，當然要盡其本份做好事情，還希冀獲獎乎。

在此期間，倘若偶有閃失，不幸犯錯，還要請有關人等原諒。

總不能本末倒置吧。

總不能認為做不好是平常事，做得好，要全人類起身鞠躬吧。

基本思想搞不通，辦起事來，事倍功半。

做超齡學生時，每次受老師誇奬功課交得準，每次都笑曰：「這也就是我來讀書的原因。」

為何要拖拖拉拉那麼委屈呢，不喜歡做，沒有空做，不要做好了，誰沒有誰不行呢，誰拿着機關槍逼誰呢。

如覺辛苦，能力不逮，紓尊降貴，未克應酬，或有更好的事要做，馬上請辭好了，切莫勉強，放心，第二天，報紙照樣的印出來。

兒童故事

多年前，《小明周》負責人問有沒有兒童故事。有，許多許多，都是關於兒童的故事，但不適合兒童觀看。

譬如說，這一則：幾個可愛的孩子在園子裏玩耍，不知恁地，談起生日來，他們的語氣，忽然變得非常懂事，互相垂詢：「你呢，你的生日應該在幾時？」另一個回答：「應是四月二十號。」「發生了什麼？」「母親說，她還有未完成的大學學業，以及嚮往的事業有待追求。」

於是孩子們老氣橫秋地嘆息，一個有美麗長鬈髮的小女孩忽然笑了，說道：「我們幾乎總在不對勁的時間與不對勁的地方出生，有時，根本未能出生。」

對，他們是未生兒的精靈，為着種種原因，未能託世為人。

這種兒童故事怎麼能在兒童刊物上披露。

家長會嚇得哭得出來？

故事跟着的情節是這個美麗的未生兒設法回去尋找母親，瞭解真相。

最後，她沒有原諒母親，憤怒地帶走了弟弟，一個當其時她母親十分迫切盼望能夠出生的嬰兒。

盒子

兒童故事二。

所有小女孩子，到了一個年紀，也許十歲，也許十二歲，都要去到造物主那裏，排隊領取一隻盒子。

盒中所載，是她一生的成敗得失，歡笑眼淚。

有一個很普通的小女孩，怯怯上前領取盒子，一不小心，掉了蓋子，一眼瞥見盒中內容，只有荊棘，沒有玫瑰，不禁魂飛魄散，落下淚來。

她哀求造物主，換另一隻盒子給她。

造物主搖頭，不可以，那是你生命內容，必須逐日逐件捱過，去！

小女孩痛哭，不，不，不。

但是她被迫抱着盒子離開。

以後怎麼樣？以後就像我們這樣，沒有人有任何選擇，一切都依盒中內容發展。

這並不是一個恐怖的故事，起碼有七分寫實，可是當然不是及格的兒童故事。

適合兒童閱讀的有孫叔敖故事，費長房傳奇，孫悟空經驗……

瞞得他們一時是一時，多説無益，趁盒子尚未打開，好好享受。

還早着呢

同文這樣寫：「……說來好笑，香港今日成就並非從他人手中搶來，牙齒印卻不少。」

真的。

有加國華僑問：「什麼，恆生指數還有二萬五千點？」太訝異失望了，他心目中的理想數字是萬五點上下。

此刻升至兩萬多點，更加令他難堪吧。

總不明白何以港人可以在任何情況下都照常運作，依舊人人年薪百萬，吃喝玩樂。

呵切莫眼紅，傷心事不足為外人道，訴足了苦，於事何補，徒惹恥笑，徒遭白眼，已經習慣打落牙齒和血吞，過了一關又一關。

不由人不想起著名小說《傾城之戀》中女主角白流蘇說的一句至理名言：「你們以為我完了嗎，還早着呢。」

在某些東南亞或歐美華僑眼中，香港一如罪惡之都，不是這樣的，這個城市自有她的光明面。

一如美麗勇敢倔強的女主角，她懂得在什麼時候收，什麼時候放，還有，什麼時候抹乾眼淚，從頭來過。

沒有過去，只有將來。

你們以為我完了嗎，還早着呢。

自作多情

到了今天，還有人這樣說：某某對公司沒有感情說走就走。

感情？

一直還以為我們出來是做生意呢，感情豐富管什麼用，你要同老闆共生死存亡，他未必接受，三宗生意不賺錢，伊臉色黑如鍋底，伙計自作多情，未免可悲。

純互相利用，交足功課，童叟無欺，到哪一家做不一樣，從不培養生意以外的交情，刻意迴避，以免跳槽時尷尬。

老闆固然不必對手下格外開恩，下屬亦切忌癡情糾纏，關係磊落，聚時愉快，散時爽快。

相信我，沒有老闆會因為任何人離去而難過，如果他真捨不得，他一定會得設法挽留。

太沒有意思是不是，當初出來社會，我們都堅信有一方會愛才，而另一方，的確擁有才華。

吃過許多許多虧，失望過許多許多次之後，發覺真相跟幻象很有距離。

到這個時候，感情也恰恰消耗殆盡。

生活開始愉快，感情放在工作上不妨，感情不能寄託老闆身上。

放生

梁武帝接見北朝使者，一同行至放生處，故意問：「彼國亦放生乎？」北朝使者只說了五個字：「不取，亦不放。」梁武帝便自取其辱。

捕而放之，恩過不相補。

不要同這種人做朋友，也不去惱伊們。不值得做的事絕對不做，亦不必事後到處抱怨。

不知省下多少時間精力。

不作無謂犧牲，亦不稀罕報酬，救不到人不要緊，切莫陷人於不義。

數十人擠在一塊兒做一件事，未見其利，已經搶起鋒頭來，起鬨，排擠，傾軋，一定有人大呼不值，遭人利用，一定有人奸詐，獨裁、專制。

有人先天性對群眾性行動有排斥及抗拒，一見人多勢眾，立刻肅靜迴避，天生是不捕不放主義者。

堅持不與人混熟，又怎麼會鬧翻，對人沒有企圖，人如何乘虛而入，不要太樂觀，事後就不會太失望。

當然，什麼都處之以淡，就少了許多放生儀式般的熱鬧，有些人是不肯的。

不甘心？

同文說朋友說：「我到今天，仍不甘心。」

不甘心什麼？「四十歲了，沒有什麼轟烈成就。」

大奇。

一直不知道原來做人需講驚天動地，一直以為開開心心生活，身體健康，心態樂觀，有份足以餬口的工作，已算至大成就，還要怎麼樣？

世道艱難，壓力重大，稍有差錯，立即化為齏粉，每朝攤開報紙，不知多少不幸事在昨夜發生，仍能平穩、恬淡、舒適的過日子，便是成就。

好好照顧自己，日日打扮得整齊乾淨，也是成就，與親友交往，不欺壓不拐騙，不拖不欠，更是成就。

精神與經濟獨立，不做他人包袱，亦是成就。

吃了苦頭，默然承受，當然是成就。

新的一年，新的日曆發下來，厚厚一疊三百六十五天，統統靠自身的精力血汗機智熬過，太偉大了，應值一個金獎！

想想都高興，怎麼還會抱怨不甘心。

每朝有勇氣起來，把該日工作及瑣事都安排妥當，直到日落，你管我做清道夫還是女皇陛下，統是成就。

書名　盡其本步　作者　亦舒

出版　天地圖書有限公司
香港黃竹坑道46號新興工業大廈11樓
電話：2528 3671　傳真：2865 2609

香港灣仔莊士敦道三十號地庫（門市部）
電話：2865 0708　傳真：2861 1541

設計及插圖　陳小娟

印刷　亨泰印刷有限公司
柴灣利眾街27號德景工業大廈十字樓
電話：2896 3687　傳真：2558 1902

發行　聯合新零售（香港）有限公司
香港新界荃灣德士古道220-248號
荃灣工業中心16樓
電話：2150 2100　傳真：2407 3062

出版日期　二〇二二年六月／初版・香港